池井戸 潤

不祥事

実業之日本社

実業之日本社文庫

目次

目次・人物相関図作成——岩瀬　聡

不祥事

『不祥事』主な登場人物 相関図

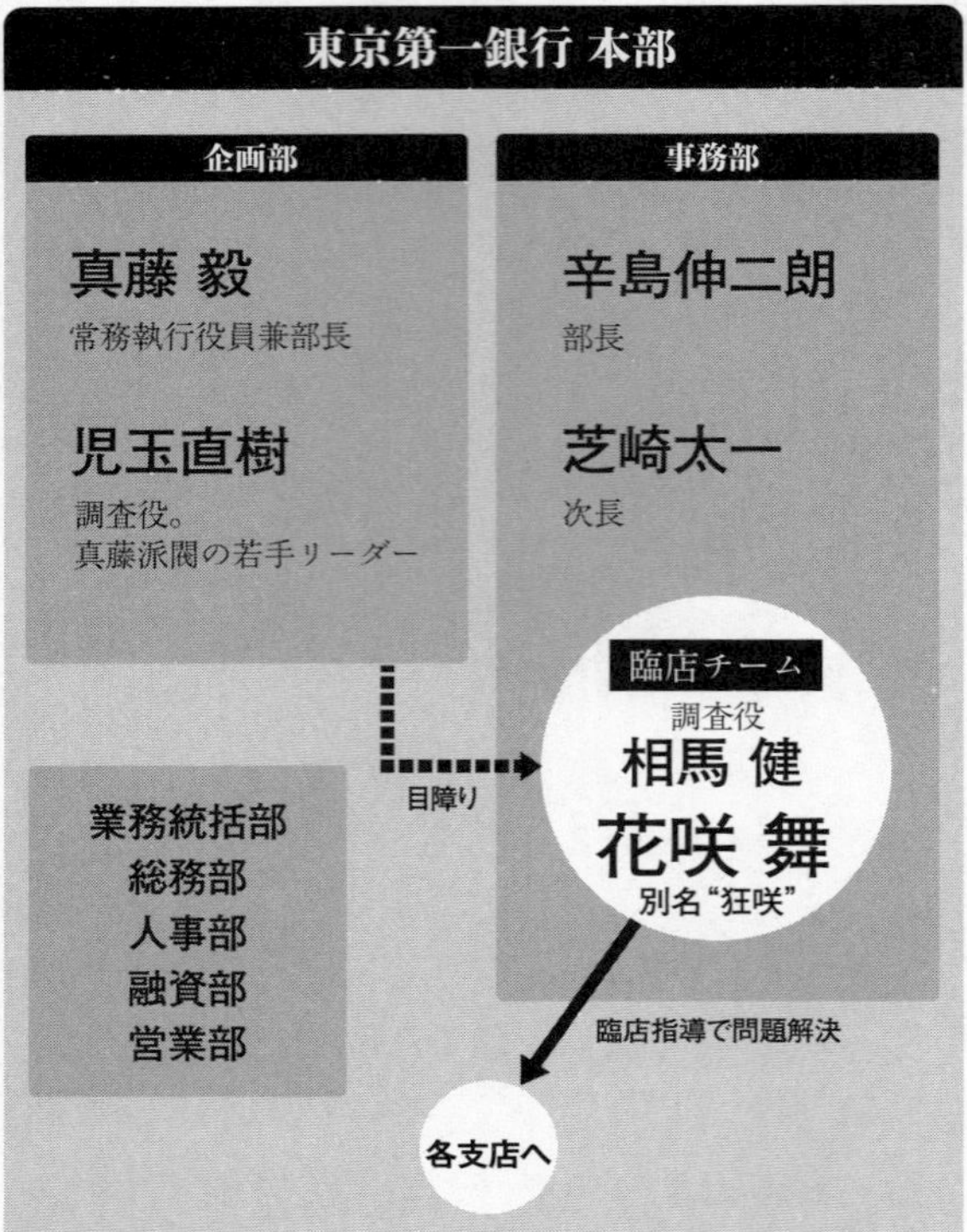
東京第一銀行 本部
企画部
真藤 毅
常務執行役員兼部長
児玉直樹
調査役。
真藤派閥の若手リーダー
事務部
辛島伸二朗
部長
芝崎太一
次長
臨店チーム
調査役
相馬 健
花咲 舞
別名“狂咲”
目障り
業務統括部
総務部
人事部
融資部
営業部
臨店指導で問題解決
各支店へ

激戦区

1

相馬健《そうまけん》が事務部に転勤して二ヵ月が経《た》った。

もう十月だ。東京駅前にある東京第一銀行十階にある相馬のデスクから、秋の日差しを浴びている八重洲《やえす》側の街並みが見える。分厚い窓ガラスに遮断された光景はひたすら静かで、ここに転勤してくるまで耳の垢《あか》のようにこびりついていた支店の喧噪《けんそう》も、殺伐《さつばつ》とした雰囲気もない。無論、誰とはいわないが自分に楯突《たてつ》く部下もなく、「課長代理」から「調査役」へと肩書きが変わっただけで――職給こそ同じだが――少々偉くなった気もする。

相馬はかつて大店で活躍する融資係として名を馳《は》せた男だった。それが、課長代理昇格とともに転勤した赤坂支店で当時の副支店長とぶつかったことから目の敵《かたき》にされ、次の転勤で営業課に回された苦い過去がある。

銀行という職場で、一旦《いったん》ついたバッテンはなかなか消えない。

人事権にものをいわせ、人生を台無しにしてくれた副支店長のことを考えると今でも腸《はらわた》が煮えくり返るが、結局、組織では強者の論理がまかり通るのだ。

あれから五年。次のポストは融資本部間違いなしといわれていた相馬が辿《たど》ったのは、意に添わぬ屈辱の職歴といっていい。

だが、そうした日々も終わりだ。

支店長にはバカにされ、副支店長に嫌味をいわれるうちに随分と同期入行の連中に抜かれた。出世競争からは落ちこぼれたが、念願かなって本部調査役の椅子《いす》に座ってみれば、全ては過去のこと。いま相馬の胸には晴れやかな気分が広がっているのだった。

デスクの電話が鳴った。次長の芝崎《しばざき》太一《たいち》からだ。

「ちょっと部長室まで来てもらえますか」

相馬は支店時代では考えられない優雅な仕草でデスクの上を手早く片づけると、同じ階にある部長室へと急いだ。

「どうだろう相馬君、臨店《りんてん》の仕事は慣れただろうか」

勧められるままにソファにかけた相馬に、部長の辛島《からしま》伸二朗《しんじろう》がきいた。

「はい、なんとか。それにしてもいろいろな支店の事情があるものだと勉強になります」

相馬の肩書きは、詳しくいうと事務部事務管理グループ調査役である。営業課の事務処理に問題を抱える支店を個別に指導し、解決に導くのが主な仕事だ。

「それは良かった。ところで最近の支店動向を見てみると業務の習熟度が低い行員が増えたせいか事務ミスが目立つ。そこで提案なんだが、できれば臨店指導で女子行員たちの意見をもっとときき出せる体制をつくってはどうかと思うのだが」

「ああ、それはいいお考えだと思います」

心から相馬はいった。「私が本部調査役として臨店すると、支店の行員はやはりどこか警戒するというか、うち解けて話してくれないことがあります。本音をきき出すいい方法はないかと私も考えていました」

我が意を得たり。辛島は相馬の反応にうれしそうな顔をした。

「そうか。君のことだからたぶんそういってくれると思ったよ。どうだろう、君にひとり部下をつけるから、しばらく二人で担当してみては」

「私に部下、ですか」

相馬はぱっと顔を輝かせた。いま、相馬には部下はいない。代々木支店で二人の部下はいたものの、そのうちのひとりはひどいはねっ返りで上司を上司とも思わない女子行員だった。

ふと、思い出したくもない名前を相馬は思い出し、顔をしかめる。

あいつには随分とひやひやさせられた。転勤してこの二ヵ月、なんと心休まる銀行員生活であることか。

「ありがとうございます」

心から相馬がいうと、満足したらしい辛島は大きくうなずき、「実はもう人選を済ませて正式な辞令を出してある。支店で三日間引き継ぎをしてもらった後に当部へ来てもらうが、その前に挨拶《あいさつ》に来てくれたので君に引き合わせようと思ってね」

辛島の言葉が終わらないうちに、背後のドアが二度ノックされ、部長秘書が顔を出した。

「ああ、来た来た。どうぞ入ってくれるようにいってくれ」

どんな部下だろう。相馬は期待に胸を膨《ふく》らませた。「こちらが相馬調査役だ。相馬くん、紹介しよう」

相馬は、油断するとゆるみそうになる頰《ほお》を引き締めた。立ち上がって、斜め後ろに慎ましく立っている人物を振り向く。

「相馬で——あっ！」

相馬は叫んだ。「く、狂咲！　なんでお前が——！」

狂咲《くるいざき》——いや花咲舞《はなさきまい》。

思わず部長を振り返ると、辛島はきょとんとして相馬を眺め、「あ、そうか」と膝《ひざ》を打った。

「そういえば、君は代々木支店から来たんだったな。なんだ、じゃあわざわざ紹介することもないじゃないか。これから君の部下になる花咲舞さんだ。君も知っての通り、優秀な人材だぞ。全店の中から選ばせてもらった。まさに激戦を勝ち抜いたエリート・テラーだ」

啞然《あぜん》として言葉もない相馬に、舞がにっこりと微笑《ほほえ》む。

「ふつつかものですが、よろしくお願いします」

愕然《がくぜん》とした相馬の横に舞が並んでかけるのを待って、次長の芝崎がいった。

「花咲くんには、こちらに転勤次第、さっそく臨店指導をしてもらうことにする」

「いきなりですか」と相馬。嫌な予感がする。部長は事務部への転勤が難関だったような口振りだが、どこをどう評価するとよりによって花咲が選ばれるのか、評価基準をきいてみたいものだ。本当は代々木支店から体《てい》よくやっかい払いされたんじゃないか。

「ま、転勤してきてすぐというのも花咲さんにはきついかもしれないが、放っては置けない事態になっている店があるのでそのつもりでいて欲しい」

そういって次長が出したのは、自由が丘支店長から事務部長宛《あて》の書簡だった。

〝当店で惹起《じゃっき》した誤払いに関するご報告〟――。

「どういうことですか？」

相馬は次長の苦り切った顔を見た。

2

自由が丘支店は、東京第一銀行の中でも特に忙しいことで知られる支店の一つである。華やかなファッションの街という表向きとは裏腹に、狭いエリアにメガバンクがひしめき、鎬《しのぎ》を削る金融激戦区だ。

東京第一銀行では、各エリア毎《ごと》に競合銀行との勝敗付けをしているが、この九月までの自由が丘支店は「惨敗」。他行自由が丘支店が融資、運用商品とも伸ばす中、それにシェアを食われる形で業容を縮小していた。

「結果が全てとはいわないが。いま一、いや、いま二かいま三ぐらいだ」

事務部の一室で、相馬は難しい顔をしていった。ミーティング・テーブルの向こう側には代々木支店での引き継ぎを終え、その日から事務部に転勤してきた花咲舞がいる。舞は部長以下、関係者への顔見せをし、事務部全員の前で着任の挨拶をつい今し方終えたばかりで、顔を上気させていた。やる気満々である。

「でだ、我々の仕事だが」

相馬は話題を自分たちの仕事に戻した。「自由が丘支店の営業課は前期惨憺《さんたん》たる内容だった。口座相違二件、現金紛失一件、誤払い一件、行内検査での再検査一回、ファイリング検査での再検査一回、お客様相談室への苦情三件、営業課員の予定外退職者三名、内一名は四月に入ったばかりの新人が六月に退職した。さらに、誤払いについてはお主《ぬし》も知っての通り、裁判沙汰《ざた》になって敗訴濃厚ときている」

「誤払いした金額は？」

「三千万円」

ふう、と舞は大きなためいきをついた。

誤払いとは、読んで字のごとく、誤って払うことをいう。つまり、本来、払い戻してはならない状況で、相手に預金を払い戻したということだ。

「百聞は一見に如《し》かず」

相馬はいって席を立った。午前九時半。自由が丘支店には十時半の約束だ。「行こう」

山手線で渋谷まで行き、東急東横線に乗り換えた。自由が丘支店は、自由が丘駅のロータリーに面した好立地だ。

「支店の歴史も古いし、この立地だぜ。それなのにあいつらに負けるんだもんなあ」

相馬が指さした方向には、競合他行のいなほ銀行とＵＢＪ銀行の看板が見える。

月半ばということもあって閑散としたロビーに入っていった相馬は、店頭の窓口にいる女性に「事務部ですけど」と告げた。

今日から事務部の臨店指導があることは支店にすでに伝えてある。相馬の背後にいる舞にちらりと視線を向けた彼女は、背後のデスクにいる男に来訪を告げた。営業課長の中西稔《みのる》だ。

「やあどうも。よろしくお願いします」

作り笑いを浮かべて近づいてきた中西は、相馬と舞を二階にある応接室へと案内した。愛想良くしているが、営業課の惨憺たる内容をみれば管理者としての中西がどんなレベルかはわかる。

「いやあ、わざわざ指導をいただかなきゃいけないなんて、お恥ずかしい。いくらいってもきちんとできる人材がいなくてねえ。私もほとほと困り果てていたところです」

応接室のソファにかけると、案の定中西は事務の不祥事続きを部下のせいにした。

「人事部の意見もききましたが、自由が丘支店さんだけに人材の偏《かたよ》りがあるということはきいていません」

相馬はいい、暗に「部下のせいにするんじゃねえぞ」と牽制《けんせい》する。中西から愛想笑いが消えた。

「そういわれると、困ったな……」

頭をかいた態度とは裏腹に、目は笑っていない。

「ええと、臨店のご挨拶をしたいのですが、支店長さん、いらっしゃいますか」

相馬がきいたとき、応接室のドアが派手にあいて支店長の矢島俊三《しゅんぞう》が入ってきた。バーでいい寄られたらくらっときそうな、長身でスマートな男である。自由が丘支店の支店長になったのは去年の七月。それまでは本部畑が長く、同期トップで昇進を果たしたエリート支店長だということはきいていた。

「ごくろうさま」

温厚な物腰で笑顔をみせた矢島には、支店長の威厳というより、人なつこい表情がよく似合った。

「なにしろ激戦区にある店なものですから、なにかと大変なことも多くて。ただ、事務面での不手際は言い訳のしようがありません。どうか三日間よろしくご指導ください」

そういって、相馬と舞に頭を下げた矢島は、弁舌もさわやか、腰の低い人物に見える。

「それでは早速、営業課にご案内してくれたまえ」

中西に命じ、相馬と舞に矢島は笑顔を向けた。「なにか不都合なことがありましたら、なんなりと申しつけてください」

だいたい本部から臨店してくる者に対して支店の扱いは丁重だが、矢島のそれは気持ち悪いほどだ。だが、非協力的な態度をとられるよりはそのほうがずっといい。

中西について営業課に降りた相馬と舞は、さっそく臨店指導の仕事に取りかかった。

3

「ありがとうございました」

業務終了とともに、会田萌《あいだもえ》はぺこりと頭を下げた。

その場をぱっと明るくするような笑顔の持ち主だ。彼女は営業課テラーの中堅、短大卒の入行四年目、二十四歳。

自由が丘支店の営業課は、普通預金などを扱う店頭グループと振込を専門にする為替《かわせ》グループ、運用商品を販売する相談グループの三つのグループに分かれていた。営業課は全部で十二人。人数が少ない分は、十人ほどのパートさんで補っている。

「とても勉強になりました」

という萌の事務能力は、舞の感想で六〇点。元気はよくて顧客のウケはいいが、数字のチェックが少々甘い。伝票処理の手順にもばらつきがあって、ミスが出やすい。

気づいたことを指摘した舞は、「でも、スジはいいから頑張ればすぐにできるようになるよ」と励ました。

午後三時の閉店から四十分が経過している。

営業課が一日の終結に急速に動き始めているときだ。資料を見て、相当ひどいと覚悟してきたが、実際に彼女たちの能力は思ったより低くない。要は、経験不足だ。どこの店にもいて、みんなから頼りにされているベテラン行員が自由が丘支店には少ない。というか、ひとりしかいない。入行十八年目の内村恵《めぐみ》だけだ。

その内村は、隣の窓口でどこか胡乱《うろん》な横顔を見せていた。

「内村くん」

そのとき背後から声がかかり、内村はびくんと体をこわばらせた。中西がどこか陰気な感じのする男と並んで立っている。最初舞たちを迎え入れたときの愛想の良さは欠片《かけら》もない。

「誰？」

中西の隣に立っている男の不機嫌極まる表情を眺めて、萌にきいた。萌も表情を曇らせて、「法務部の高島調査役です」とこたえる。

「法務部？」

「裁判になってるんです」

声を潜めた萌の説明で納得した。

「例の誤払いの件ね」

おずおずと立ち上がった内村のことが気にかかる。

「彼女が誤払いを？」

「そうなんです。もうかなり参ってるらしくて。また辞めちゃうんじゃないかしら」

「また？」

萌は顔を曇らせてうなずいた。

「去年から何人も辞めてるんです。しかもベテランばかりで」

たしかに、退職者が多いとはきいていたが、現場行員の口からきくと、切迫したものを感じる。

もう少しじっくり話をききたいと思った舞は、「もし予定がなければ食事でもしない？」と萌を誘った。

「ぜひ、お願いします」

「だったら早く片づけよう。自由が丘だったらおしゃれなお店がたくさんあるでしょう。私、それも楽しみにしてきたんだ」

「まっかせてください！」

小柄な萌は、小さな胸をぽんとたたいて元気良く笑った。

4

萌の案内で、南口にあるイタリアンの店へ行った。

マリ・クレール通り沿いにあるおしゃれな店だ。普段、安焼鳥屋にしかいかない相馬は、最初居心地《いごこち》が悪そうにしていたが、グラスワインで酔いが回りはじめると、いつもの軽口を連発しはじめる。きき飽きた冗談の連発にしばし耐えた舞は、話題を支店での仕事に戻した。

「お店には確かにベテランが少ない気がするんだけど、みなさん〝寿退社〟でもしたの？」

萌は、同僚の神田美歩《みほ》と顔を見合わせた。

美歩は、萌のひとつ上の先輩だ。眼鏡をかけた表情の中で、生真面目《きまじめ》そうな瞳が舞を見ている。

「結婚退職された方はいません。実は、そこに問題があると思うんですけど」

彼女なりの問題意識を反映した遠慮がちな声だった。「居心地が悪くなったんだと思います」

「居心地が悪いってどういうことだい」

　相馬の質問に、返事はなかなか返ってこなかった。話していいか逡巡《しゅんじゅん》している様子に、「あのね、お二人とも。これはオフだから、気にしないでいいのよ。支店に告げ口したりしないし、この調査役にしたところで、酔っぱらってるから次の日まで覚えてるかどうかも怪しいものよ」。

「狂咲、てめえ」

　文句をいいかけた相馬の足をテーブルの下で、がん、とけりつける。

「イテッ！」

「話してくれる？」

　口を開いたのは、萌のほうだった。

「あまり大きな声ではいえないんですけど、みんないじめにあって……」

「いじめ？」

　足をさすっていた相馬がきょとんとした顔になってきいた。「どういうこった、そりゃ」

「いじめって、誰にいじめられたわけ？　新人がそうなるのならまだわかるけど、みんなベテランだったんでしょ。ベテランがいじめられたって話はあんまりきかないわね」

「課長なんです」

美歩がいった。

「課長だって？　あの中西さんが、いじめたわけ？　まあそういえば、多少陰険な感じはしたが……」

相馬の感想をきき流し、舞はきいた。

「具体的にはどんなふうにいじめられたんだろう」

「たとえば、キャンペーンの獲得目標を設定するときに、とても達成できないような目標を貼《は》り付けるんです。それでできないと、朝礼でムダな人件費を払ってるみたいなことといわれたり」

萌は続けた。「とにかく、ことある毎に目の敵にしているような感じだったんですよね。ものすごく課の雰囲気も悪くなって……」

「中西さんか。今日見た限りでは、そんなふうには思えなかったけど」

「でも、内村さんを見て、なんとも思いませんでしたか、花咲さん。いまあの人が標的なんです」

萌にいわれ、舞ははっとなった。内村恵の沈痛な表情が胸に浮かんだ。

「裁判のこともありますけど、この半年近く、ずっといじめを受け続けてるんです。もう見ているほうも暗い気分になっちゃうんですよね」

美歩も同意してうなずく。

「たしか、去年だけでベテラン行員が三人、退職したんだったね」

真面目な顔にもどって相馬がいった。「申し訳ないが、こっちの資料には退職理由までは書いてなかった。でも、いじめが理由だとなると問題だな、なあ狂咲」

その言葉をきいて、萌と美歩は顔を見合わせる。

「あの、さっきから気になっていたんですけど、狂咲って、花咲さんのあだ名なんですか」

「あだ名っていうかさ、こいつキレるとおっかないから、花咲をもじって狂咲って呼ばれてんの、あんたたちも気をつけたほうが――イテッ！」

涼しい顔をして足を組み直した舞は、疑問を口にした。

「中西課長はなんでそんなことするのかしら」

「課長自身は、ベテランがしっかりしないとって口癖のようにおっしゃってましたけど」と美歩がいった。

「要するに、いじめじゃなく、叱咤《しった》激励だってか？」と相馬。

「そんなのが激励なはずない」

舞は断言した。「退職しなきゃならないぐらい追いつめられるのが激励？　行き過ぎよ」

「だけどさ、ちぐはぐな気がするんだよな」

相馬は腑《ふ》に落ちない顔でいった。「ベテランがたくさん抜けて、結局、自由が丘支店では事務過誤が頻発したわけだろ。挙げ句の果てに、裁判沙汰だ。結局、課長は自分で自分の首を絞めたようなものじゃないか。そこまで、読めなかったのかな、中西課長は」

「すみません。私たちがしっかりしてなかったために……」

しおれた美歩を見て、舞も手を横にふった。

「人間である以上、ミスは必ずする。たしかに、ミスをしたのはそのひとの責任かもしれない。だけど、銀行のような組織で、これだけのミスが重なるのは、個人だけの責任とはいえない。管理に問題があるとしか思えないわ。明日、私から中西課長にきいてみましょう」

舞の言葉に、相馬はたじろいだように唸《うな》った。だが、美歩と萌は、頼もしい味方を見つけたときのように目を輝かせた。

5

「いじめ？　なんのことかさっぱりわからないね」

舞が中西と対峙《たいじ》したのは、翌日の業務終了後のことであった。営業課の片隅にある小部屋で、中西は木で鼻を括《くく》ったような態度を見せている。

「退職したのは、勤続年数でいうと十八年がひとり、十五年が二人。いずれも、かなりのベテランだったときいています」

「だから？」

中西はタバコに点火すると、天井に向かって吐き出した。粗品が積んである部屋の中央にテーブルと椅子を置いただけの部屋だ。壁には、「禁煙」の張り紙がある。

中西はそれを無視していた。

「二十年近く勤めた人が、職場を去る。きっとつらかったでしょうね」

「ベテランだから？　あのね、花咲さん、ベテランだからって、重宝なことばかりじゃないんだよ。君にはそういうことはわからないかもしれないが」

「どういうことでしょう。はっきりおっしゃってください」

だが、中西ははっきりとは応《こた》えなかった。「まあ、あなたの仕事は事務指導だから、それをメインにやってくれたらいい。余計なことは考える必要も知る必要もないわけだから」

「お言葉ですが、ベテラン不在が、結果的に事務の混乱を招いたと思いませんか」

だが、中西はそんな舞の指摘を鼻で笑った。

「それは違うでしょ。営業課の仕事なんてね、誰だってできるんです。おかげさまで当行にはしっかりしたマニュアルもある。わからないことがあれば、それを読めばいいんだ。違いますか。長く勤めた人はたしかにいなくなった。だけど、優秀な新人はたくさん入ってきたじゃないですか。見ててごらんなさいよ、あと半年もしないうちに彼女たちは辞めていったベテラン以上のレベルになるから」

舞は中西を睨《にら》み付けた。

確かに、彼女たちには可能性があるだろう。だからといって、いじめ同然の措置でベテランを追い出す中西の考えには同意することはできない。いま新人でも、いつかはベテランになる。彼女たちはバカじゃない。十年後、十五年後の自分の姿を、辞めていった先輩に重ねるだろう。

「ベテラン、ベテランって、大きな顔をしてるけど、それほど大した事務レベルにあったわけじゃない。余計なコストがかかるだけだ」

ふと、いい過ぎたと思ったか中西は口を閉じた。「コスト」という言葉が、舞の胸の中へ重く沈んでいった。

「女子行員はコストですか」

中西は、その言葉を自分への挑戦とでもとったか、敵意を滲《にじ》ませた。

「コスト？　当たり前でしょ。あなただってそう。私だってそうだ。経営とはときに冷徹なものさ。あんたにはわからないだろうがね」

利いたふうな口ぶりだが、そういうあんたはわかっているのかと、問い返したい衝動に駆られる。

「なるほど。よくわかりました」

だが、舞は立ち上がり自分を睨み付けている相手を残してさっさとその小部屋を後にした。いまこの男と議論しても始まらない。

「おい、どうした。そんな顔して」

出てきた舞に、相馬はきいた。

営業課の片隅にあるワークデスクだ。そこに、相馬は様々な資料を並べて眺めていた。

「なにしてるんです」

「前期、この店で起きた重大過誤がどんな状況で起きたか分析してるわけよ。そこになにか事務向上のヒントがあるんじゃないかと思ってな」

「これは……？」

舞はふと手近な書類を取り上げた。

三千万円の誤払いの資料だ。

裁判になっているだけあって、原伝票はなくコピーだ。定期預金の払出請求書には、内村の印鑑が捺《お》してあった。

振り向くと、内村のやせこけた背中が見える。舞はため息をもらした。これは経験の浅い新人ではなく、ベテランの内村のミスだ。そう考えると、ひたすらベテラン行員をこき下ろした中西の言葉にも一理あるような気になる。自身、ベテラン行員である舞は、不愉快な思いに唇を嚙《か》んだ。

伝票に印刷されたコンピュータの印字が見える。それを見た舞は、「あら」と小さな声を上げた。

「どうした？」

「いえ。誤払いというのは、てっきり余計にお金を支払ってしまったと思ったんですけど。違うんですね」

「要するに過払いしたと？　違うね。その伝票からわかるのは、三千万円の定期預金を解約依頼してきた客に、三千万円を払い出したということだけだ」

「じゃあ、なぜこれが誤払いになるんですか？」

「なんでだと思う？」

すぐにはこたえず、相馬はきいた。めずらしく重々しい顔になり、舞を見つめる。

「もしかして、これ——」

「そう。盗まれた通帳と印鑑を使って、払い出されたんだ。本来なら見破るべきところを、彼女は見過ごした。ミスだ」

「ミス？」

舞は伝票を手にとって見つめた。個人の客だ。会社ではない。

「印鑑票を見てみろよ。そこのファイルの中にコピーがあるだろ」

黄色い二つ折りファイルを開けた舞は、中から印鑑票を取り出した。印鑑票とは、定期預金を作成するときに登録する印鑑と住所、氏名などを記録した台紙である。預金を払い出すときの印鑑照合は、専用機に登録された印鑑票の印影で行われる。

舞は平面照合と呼ばれる手法で、簡単にそれを照合してみる。コピーの場合、多少、印影のズレが出るが、二つの印鑑は同じものだった。

しかし、誤払いというからにはどこかにミスがあるはずだ。

よく見ると、間違っているのは印鑑ではなく、住所だった。目黒区内の住所だが、印鑑票の「緑が丘」が、払出請求書では「緑ヶ丘」となっている。「が」と「ヶ」。細かいところだが、ミスはミスだ。そこに住んでいる本人であれば、住所を誤記するはずはない。

「犯人は盗み出した通帳と印鑑で現金を引き出しにきたんだ。当店の内村が応対したとき、彼女は、払出請求書に記載された住所が間違っているのに気づかなかった」

これが満期をむかえている定期預金なら、住所を書いてもらったりはしない。それなのに、ご丁寧に書いてもらっているのは、それが中途解約だからだ。東京第一銀行にかぎらず、たいていどこの銀行でも、定期預金の中途解約を受けつけるときには、住所と本人を確認するための書類の呈示を求める手続きになっている。

また、本人確認資料として内村は健康保険証の番号を控えていたが、それも問題だった。

「保険証か……」

「ちょっと弱いよな」

舞のつぶやきに相馬がいった。「本人の写真が載っているようなもの、たとえば免許証の呈示を求めれば預金の払い出しを未然に防ぐことができた」

「裁判の争点はそこですか」

相馬はうなずいた。

「相手の主張としては、住所が違っていたということ、それに保険証だけしか確認しないで払い出したこと、このふたつの点で銀行には過失があったということだ。まあ、同様の判例もあって、残念ながら敗訴濃厚だ」

もし敗訴すれば、銀行は三千万円の損が出る。

「致命的なミスだな」

そういって相馬は、いまも窓口に出ている内村を見たが、払出請求書には、内村の印鑑だけではなく、中西の印鑑も捺してあった。

三千万円もの金額になると、係員が独断で払い出すことはできない。営業課長の承認がいることになっているのだ。

「課長が承認している以上、内村さんだけの責任じゃないと思いますけど。課長だって、この伝票を見ているはずだし、保険証で本人確認したことは認めているはずです。であれば、責任の半分は課長にあるんじゃないんですか。それをあたかも、内村さんひとりが悪いようないい方をするなんてひどすぎます」

「まあ、そう怒るな」

舞をなだめ、相馬はふと思い出してきいた。「それより、なんだったんだ。中西さんは」

「それです。きいてください」

最初興奮して話し始めた舞だが、中西との話を振り返るうち、ひとつ気になることに気づいた。

「相馬調査役、ちょっと調べてもらえませんか」

「調べるってなにをだ」

「課長の話に出てきたコストの件ですけど、そこまでいうのなら、実際、辞めていったベテランがどれぐらいコストがかかっていたのかなと思って」

「要するに、その彼女たちの人件費を調べろってか」

「お願いします」

頭を下げた舞に、相馬はため息まじりにいった。

「わかったよ。そこまでいうのなら、今日、本部に戻って調べてやる。でも、そんなものどうするんだ？」

「ちょっと知りたいんです。もしかしたら、そこに自由が丘支店の事務を崩壊させた根本的な理由があるのかもしれない」

舞はいうと、それ以上、相馬がなにをきいても口をつぐんでしまった。

6

「ほらよ。これが去年の行員リストだ。退職者には印をつけておいた。年俸については俺《おれ》の推測だ」

相馬が、昨年中に自由が丘支店を退職した三名の女子行員について調べてきたものを舞に見せたのは、翌朝のことであった。

「やっぱり、そうだったんだ」

つぶやいた舞に、「なんだよ、いったい」と相馬は不満そうにきいた。調べものはしたものの、目的について口を割らない舞に、多少、腹を立てているらしい口吻《こうふん》だ。

「見てください。退職したベテラン女子行員全員が四級職なんです」

「なんだと？」

舞の指摘で資料を覗《のぞ》き込んだ相馬は、「ほんとだ」といって顔を上げた。

「で、これがなんだ」

このひとなにも考えていない。

「コストですよ、コスト」

舞は焦《じ》れったくなっていった。「中西課長は、給料の高い四級職の女子行員を辞めさせてコスト削減を狙《ねら》ったんだと思います」

「まさか」

啞然とした相馬は、つぎの刹那《せつな》、真面目な顔に戻った。「たしかに、一支店に三人の四級職は多すぎる気もするな」

東京第一銀行の職給は一級から始まり、一般職採用の女子行員の場合、四級職が最高職級になっている。入行して一年経つと二級になるが、その先、三級職になるときに選抜され、さらに四級職にまで昇りつめるのはごく少数の精鋭に限られる。その意味で、自由が丘支店の女子行員がかなり優秀だったことは容易に想像がついた。だが、優秀な彼女たちには、それなりのコストがかかる。多少の事務正確性を犠牲にしてでも、中西はそれを解消したかったのではないか。

「いじめの目的が、彼女たちを辞めさせることだったとしたら、やり方が汚すぎます。五年以上も勤続した女子行員にとって、こんな形で銀行を去らなきゃならないなんて、どれだけ悲しいことだったかわかります?」

沈鬱《ちんうつ》な表情になって相馬は、「お前のいうとおりだ」という言葉を喉から押し出し、唇を噛んだ。

「だけど、しょうがないっていうんでしょう。それが銀行って職場だから。収益優先だから。人事は支店の裁量にまかされているから」

「おいおい。そう俺を責めるなよ」

きっと睨まれた相馬は、情けなさそうに眉《まゆ》を垂れた。

「でも、私たちにもできることはあると思います」

「できること?」

「自由が丘支店の事務過誤がなぜ頻発しているのか、その理由がわかったわけですから、断固、こうした支店経営について糾弾すべきです」

「支店経営は大げさだろうよ」

舞はあきれ顔で相馬を眺めた。

「調査役、こんなことを中西課長が独断でやると思いますか。普通なら、三人もべテランが辞めたら、管理職として責任を問われる場面でしょう。それをあのひとが平然としらをきっていられるのは、それなりの後ろ盾があるからに決まってるじゃないですか」

そのとき、「どんな具合ですか」と背後から声がかかった。

振り向くと、温厚な笑みを浮かべた矢島が立っていて、真剣に話し合っていた舞と相馬を見下ろしている。

「いま、支店の問題点について話し合っていたところです」

立ち上がった舞の言葉に、矢島の笑顔がすっと消えた。相馬が顔をしかめたのがわかったが、無視した。

「ほう。問題点とは具体的にどんなことだろうか」

「講評は明日の予定ですから、その席で」と舞。

「いまきかせてくださいよ。もったいぶることはないじゃない」

舞にかけるようにいうと、矢島も隣の椅子をひいた。営業室のかたすみにあるミーティング・ブースだ。矢島の視線がすばやく行員リストの上を滑っていく。温厚な表情はひっこめられ、険しいなにかがその瞳の中に滑り込んできていた。この男の本当の姿がいま垣間見えた。舞はいった。

「別にもったいぶるつもりはありませんから申し上げます。昨年、ベテランの女子行員を辞めさせたのは失敗だったと思います。そのために支店の事務レベルは低下し、様々な問題を引き起こしています」

「一時的なものでしょ」

矢島はそっけない。「それに、辞めさせたんじゃなくて、退職は彼女たちの自己都合ですよ」

「自己都合？」

関係ない、とでもいいたそうな口調に舞は腹が立った。「本当に自己都合だといい切れますか、支店長。辞めていった女子行員たちにだって、守るべき人生があるんですよ。それがわかりますか」

刹那、矢島の顔にはっきりと怒りの表情が浮かんだ。

「なにいってんだ、君は」

「すみません、支店長」

相馬が割って入った。「ちゃんとした講評は明日、させていただきますから」

なにかいおうとする舞を押さえ込んで場をおさめる。むっとした矢島が遠ざかるのを見送って、相馬は額の汗を拭《ぬぐ》った。

「おい、狂咲。お前な、もう少し俺の立場も考えろよな。支店でトラブって、あとで皺《しわ》寄せを食らうのは俺なんだから」

「知りません、そんなこと」

舞は本当に怒っていた。「俺の立場？　結局、考えているのは自分のことばかり。そんなことじゃ、銀行はいつまで経っても良くならないわ」

「おい、そう怒るな。しょうがねえだろ、俺にだって……」

相馬の言い訳など最後まできかず、グループ毎に集まって朝礼を始めようとする輪の中に舞は入っていった。


最終日のその日、舞は内村のいる相談グループに指導に入った。

「よろしくお願いします」

内村にいうと、疲れたような笑みが返ってくる。今年三十五になる内村は、舞よりも一回り年輩だ。

相談グループの窓口担当は二人。その二つ並んだ窓の中央にいて二人の仕事ぶりを見た舞は、やがて内村の仕事ぶりに感嘆の吐息を漏らした。

内村の事務には隙《すき》がない。客さばきも事務処理のスピードも、舞が思わず見とれるほどの完璧《かんぺき》さだ。

「一緒に食事、行きませんか」

午後十二時を回ったとき、内村から声をかけてくれた。食事は二交代。もうひとりのテラー、戸山香《かおり》が早番、内村と舞が遅番。遅番の食事タイムは、午後十二時半からの一時間だ。

支店の三階にある食堂で並んで食べ、それから支店を出た二人は喫茶店に入った。外でお茶をしようと誘ったのは舞だ。銀行では業務時間中の外食は原則禁止。相馬に見つかれば文句のひとつも出るだろうが、店内の休憩室で本音はきけない。

駅のロータリーが見下ろせるテーブルにつくと、内村はもっていたポーチからタバコを取り出して吸った。一本目を吸い終わるまでとりとめもない話をしていると、彼女のほうから切り出した。

「裁判のこときたいんじゃないの、花咲さん?」

「いえ、そのことは私にとって重要じゃないんです」

舞の言葉に、内村は少し驚いたようだった。

「重要じゃないって?」

「誰にだってミスはあるじゃないですか。それがたまたまこういう結果になった。

それだけです。ミスをしない人はいませんから」

「ありがと。慰めてくれてるわけか」

「いえ。本心でいってます」

舞のさっぱりした口調に、思わず内村にも笑みがこぼれた。

「じゃあ、あなたにとっての重要な問題って何なの」

「それはやっぱり、ベテラン行員が辞めさせられたことでしょう」

内村から笑みが消え、暗い表情に戻る。彼女にとっても、それはなんらかの心の傷になっているのだろうと舞は推測した。

「そのために支店がばらばらになった。違いますか。事務過誤が出たのは行員の技術の問題とは別なところに原因があるような気がするんです。要するに、みんながこの支店というか、銀行という職場に失望してしまったような、そんな印象を受けます」

「朝、支店長と話してたでしょ」

「あ、見られちゃいました」

舞は舌を出した。

「そりゃそうよ、いくら片隅でも、あんなに大きな声でやりあってたら誰にだってきこえるって。内緒の話は、もっとお静かに」

「すみません」

「でも、うれしかった」

舞ははっと顔をあげた。「いままで支店長にあんなふうにいってくれた人、いなかったから」

内村のつぶやきは、しみじみと舞の心に染み込んでくる。

この内村もまた、四級職だ。彼女に対する中西の風当たりが強いのはそのせいなのだ。それに自分のミスが重なった。いまの内村は、吹きすさぶ吹雪《ふぶき》をじっと体を固くしてやり過ごそうとしているように見える。

つらいだろう。彼女の気持ちを考えると、舞の心は痛んだ。

「変わるかしら」

ふと内村はつぶやく。「前みたいに居心地のいい職場に戻るかな」

「内村さん……」

彼女の目にうっすらと涙が浮かんでいるのを見て、舞はなんといっていいかわからなくなる。

変わりますよ、きっと――そんな気休めをいっても仕方がない。だけど、変えていかなきゃならないことは確かだ。

「変えるべきなのは、この銀行の体質かもしれないわね」

内村はつぶやいた。「それを考えると気が遠くなる。私ひとり、こんな抵抗したところで、しょせん、何も変わりやしない。そう思うと淋しいよ、ほんとに。結局のところ、私たち女子行員って、やがて結婚して退職することが前提になってるのよね。いくら仕事がんばったって、支店長や課長にしてみればコストの高い部下に過ぎない。収益至上主義だもんね。邪魔者なんだよ」

「そんなことはないと思います」

内村の言葉になにかひっかかるものを感じたが、それがなにかわからないまま、舞はいった。

「邪魔者じゃありません。コストを削減することと、嫌がらせをして女子行員を辞めさせることは全く別の問題だと思います。そもそもコストって売上げに見合うものでしょう。であれば、売上げを増やせばいいじゃないですか。それは支店長の仕事のはずです。ところが、自由が丘支店は、競合他行に惨敗。支店長は実力不足をコストのせいにしているだけなんです」

「でも、それを誰が証明するの？　誰が、支店長にむかって有罪を宣告するの。誰が、辞めていった仲間たちをフォローしてくれるの」

　内村の問いは問題の核心をついていたが、回答のないまま宙ぶらりんになる。

「それは……」

　私がなんとかします、とはいえない。唇を嚙んだ舞は、「でも、あきらめないでください」というしかなかった。

「私も辞表を提出してるんだけどね」

　意外な言葉に、舞は息をのんだ。「でもね、裁判の件があるでしょ。だから、辞めさせてくれないのよ。私が辞めると知った途端、支店長も課長も、なんとか損失を私ひとりのせいにしようといまやっきになってる。不謹慎かもしれないけど、いい気味よね」

　そのときの内村の目に、女の怨念《おんねん》が宿った。身震いするようなその情念にとりつかれたように、舞もまた、この支店が抱える問題の奈落へと転落していくような気がした。

7

「ご苦労さん。なにか話、きけたか」

支店に戻ると、相馬はミーティング・ブースのテーブル一杯に伝票を広げ、支店外へ出たことを注意するでもなく、いった。

「ええ。少なくとも支店が抱えている問題についてはわかりました。あとは解決策です」

「あの支店長はかなりのクセ者だぞ」

伝票の綴《つづ》りをひっくりかえし、処理状況を確認しながら相馬はふとつぶやいた。

「どういうことですか」

「さっき本部の知り合いにきいてみた。ここに来る前、真藤《しんどう》部長の下にいた男だ。企画部出身のエリートってところか」

「真藤？」

「企画部長を兼務する執行役員で、将来の頭取候補といわれている人さ。ま、きのう今日、本部に来たお前が知らないのも当然だが、名前ぐらいはきいたことあるだろ」

「そういえば」

舞はいい、「なんでそれが、クセ者なんですか」ときいた。

相馬は手をとめ、見せたこともないような真剣な表情になって舞を見つめた。

「コスト削減は、たぶん真藤部長の指示だ」

「どういうこと？」

「自由が丘支店ってのは、立地はいいんだがコストが高いってんで、矢島が送り込まれたらしい。企画部時代の矢島は、コストカッターといわれて、冷酷無比の経費削減を断行したことで知られた男だ。それに、本部では、自由が丘支店を、中小法人に特化した戦略店舗として新装開店させる話が進んでいるそうだ。その際には、いまこの店にいる行員は全員、異動になる。要するに、そのための地均《じなら》しみたいなもんなんだよ。つまり奴《やつ》は、この支店をぶっ壊しにきたってわけだ」

「ひどすぎる」

舞は沸き上がってくる怒りに体を震わせた。

「真藤部長のやり方には、行内にも行き過ぎの声はある。ただ、いま当行に欲しいのは収益だ。その一事だけで、正当化されている一面は否《いな》めないだろうな」

「だからといって、やっていいことと悪いことがある。こうしたやり方が疑問だということは、きちんと報告書に書くべきだと思います」

「書くさ、当然。だが、部長の後ろ盾があるんじゃ、矢島支店長にしてみりゃ蛙《かえる》の面にしょんべんってやつじゃねえのか」

どうしようもなく、悔しい。その悔しさに新たな疑問が加わったのは、再び相談グループに戻ったときだ。

未決裁箱に入っていた伝票。その日受け付けた定期預金の中途解約の伝票だった。処理者は、内村。金額は五百万円、住所と氏名が記された伝票には運転免許証番号が本人確認資料として添えられている。

免許証番号、か……。ふと舞の胸に疑問が宿った。

抵抗。さっき、内村はそういった。そのときなにかが胸にひっかかった。そのなにかがいまわかった気がした。

地下にある書庫に降りた。誤払い事件以前のものも含め、舞が調べたのは、定期預金の中途解約伝票だ。二年分の綴りを出し、指が汚れるのも構わず、片っ端から目を通した。

最後の伝票を見終えた舞は茫然《ぼうぜん》として顔を上げた。

この二年間で、内村が処理した定期預金の中途解約で、確認資料として「健康保険証」の番号を控えたものは一つもない。すべて運転免許証か、パスポートだ。

単なる偶然だろうか。

地下にある書庫から、閉店直後の営業室に上がった舞は、手際よく窓口の現金を照合している内村の見事な手さばきをしばらく見ていた。臨店指導という立場にある舞でもおそらく太刀《たち》打ちできない。非の打ち所のないほど水際だった仕事ぶりだった。

そんな彼女が、果たして誤払いを犯すだろうか。

いや、人間なんだからミスすることはある。さっき自分自身、そういったはずなのに、いま舞はその言葉が信じられなくなっていた。

「あの、内村さん。ひとつきいていいですか」

一万円札の束を数えている内村に、舞は小声できいた。どうぞ、と目で返事がある。

「裁判になっている誤払いの件なんですけど、店頭にきた犯人はどうして運転免許証を呈示しなかったんでしょう。内村さんなら、健康保険証ではなくて免許証を見せて欲しいというと思うんですけど」

内村は手の中の札束から視線を逸《そ》らさないでこたえた。

「さあ。なぜかしら。人間って、たまに魔が差すときがあるものよ。たぶん、そのときの私は免許証より健康保険証のほうがいいと思ったんでしょう」

嘘《うそ》だ。そんなはずはない。

あの定期預金の解約を受け付けたとき、内村は、相手の素性を疑ったはずだ。だけど断ろうとせず、あえて中西の判断を仰いだ。

その判断ミスの責任を中西にも負わせることで、一矢を報いようとした——。それがこの誤払いの真相ではないのか。彼女の抵抗ではなかったのか。

いま誤払いの責任は彼女ひとりに押しつけられようとしている。いま内村が本当に闘っているものがなんなのか、このとき舞ははじめて理解できた気がした。

「私にも、お手伝いできると思います。あなたの抵抗に」

舞はいったが、内村から返事はなかった。ただ、札を数える指先が規則的に乾いた音を立て始めただけだ。

三番窓口

1

「もう少し――もう少しだけ待ってもらえませんか。お願いします」

そういって男は、深々と頭を下げた。上等なスーツ姿は、男が一流企業のサラリーマンであることを証明している。だが、いま面《おもて》を上げた男にこびりついているのは、不安と恐怖だった。

テーブルの向こう側には、大きな図体の男が大股《おおまた》を広げて腕組みしていた。歯ぎしりがきこえそうなほど頬《ほお》のあたりを引きつらせ、錐《きり》か鑿《のみ》かという鋭い視線を男に向けていた。

「なんべんその話をきいたかなあ。もうこれ以上、待てへんで」

「そこをなんとか、なんとかお願いします。いま、ローンの借り入れを申し込んでいる最中です。少し手続きに時間がかかっていまして」

男が、三宮《さんのみや》にあるバーの女と懇《ねんご》ろになったのは一年ほど前。

若く、奔放な女だった。

その体におぼれ、サラリーの中から無理して工面した金でブランド品のアクセサリーや服を買い与えて愛人にした。

だが、それが妻の知るところとなり、別れ話を持ち出した途端、女は態度を豹変《ひょうへん》させ、慰謝料を要求してきたのである。

三千万円。

浮気の代償にしては重すぎる金だ。誠意は見せるが金はもう少しなんとか……そう交渉しようとした。だが、その目算は、いま目の前にいる女の情夫の存在でもろくも崩れたのだった。

男は、慰謝料の支払い期限を切ってきた。とても値切れるような相手ではない。払わなければ親兄弟や会社に女との関係をバラすという。最初に呼び出されたとき、女との行為を撮影されたビデオを見せられ、脅しに屈してたまるかという男の決意はそれで粉々に砕けた。そこまでやられていたとは思わなかった。騙《だま》されていたと悟ったが、時すでに遅しだ。いまや男は、かつて愛人を装っていた女とヤクザに思いのまま操られる人形にすぎない。

「どうするの、バラしちゃう？」

甘ったるい声で女がいった。猫のような目をしたしなやかな体つきの女だ。

「頼む。それだけは勘弁してくれ、ナミ、頼む」

「軽々しく呼ぶんじゃねえ」

男の足が持ち上がり、テーブルをがんと蹴《け》った。その端がしこたま男のすねを打ち、苦痛を堪《こら》える。涙が滲《にじ》んだ。

「すみません。なんとか、なんとかお願いします。この通りです」

「どうしたものかな、ナミ」

男はソファを降り、カーペットの上で土下座した。

「お願いします！　お願いします！」

ふう、と大きなため息が頭上からふってきた。

「あと、一週間だな。それまでになんとかしろよな」

「ありがとうございます」

礼をいった男の拳《こぶし》は、絶望に打ち震えた。

雑居ビルを出てきた男に、真冬の寒風は一段とこたえた。

ヤクザにはいえなかったが、銀行に申し込んでいたローンは、否認という結論がすでに出ていた。

サラ金に手を出そうにも、三千万円もの金になるとそう簡単に借りられるものではない。追いつめられた。

これは銀行でも襲うしかないか——自嘲《じちょう》気味にそんな冗談を思い浮かべてみる。

男の胸に、ある考えが浮かんだのは、そのときだった。

三ノ宮の駅に向かってとぼとぼと歩きながら検討してみた。

すぐに、仲間が必要だということがわかって、一旦、男の計画はしぼみかけた。

だが、間もなくそれは再び蘇《よみがえ》った。

自分と同じように金に困っている連中なら、立場上、いくらでも知っている。仲間選びさえ間違わなければ、あとはそう難しいことではない。

思いつきにしてはいい考えだ。

家族が待つ自宅に戻るまでの間、男はひとしきりその計画に熱中した。いまこの事態を打開するためには、それしかない。一旦そう思ってしまうと、ますますそう思えた。

頭の中でおおよその概略が出来上がったとき、男の気持ちはすでに固まっていた。

2

「意見書だと？」

東京第一銀行本部七階にある役員室で、真藤はうっすらと怒りを浮かべ、相手を睨《にら》み付けた。

射すくめられるような顔で、「そうなんです」と神妙な態度になったのは、企画部調査役の児玉直樹《こだまなおき》だった。真藤は企画部長、児玉は同じ企画部の部下というだけではなく、行内に隠然たる勢力を保つ真藤派閥の若手リーダーだ。

「自由が丘支店に臨店した事務部のチームから、同支店の内情が報告されまして、採算重視の改革路線がかなり手厳しく批判されていたということです」

「事務部の臨店ごときがなんだ。いまいましい」

真藤は膝《ひざ》を叩《たた》いた。その剣幕に、児玉は遠慮がちに続ける。

「その報告書が事務部長から人事部長へと回りまして」

「なに？」

企画部長の頬に朱がさした。頭取レースで、人事部長の時枝春一《ときえだしゅんいち》は真藤のライバルと目されている男だ。

「それで、矢島はどうした」

自由が丘支店長の矢島は、かつて真藤の部下だった。矢島もまた、真藤派閥の中堅として真藤が目を掛けている男の一人である。

「今回の件では、支店長の人事政策にミスがあったという結論で、人事部でなんらかの対応を検討しているとか。なんとかなりませんか」

児玉がきくと、真藤は憤然としたままこたえた。

「あまり表だっての行動はできない。派閥だなんだといわれたら困るのは私も君も同じだ。矢島の処分が出た暁には、従ってもらうのは当然だな。それだけの男だったということだ。臨店チームなんぞに貶《おとし》められるとは、矢島もヤキが回ったな。私もとんだ眼鏡違いをしたものだ」

児玉は首をすくめる。真藤がきいた。

「で、その臨店チームってのは誰だ」

「事務部の相馬調査役です。それに女性係員がひとり。明日から神戸支店に臨店予定だそうです」

「神戸に？」

児玉がわざわざそれをいったのには意味がある。神戸支店の副支店長、紀本肇《きもとはじめ》もまた、真藤とは近い関係にある男だったからだ。

真藤はほくそ笑んだ。

「自由が丘の仇《かたき》を神戸で討ってもらうか、児玉」

は、とかしこまった児玉は、続いて出た真藤の高笑いに、自分もまた作り笑いで応じた。

3

「これはこれは、優秀な臨店チームのお出ましですか」

紀本の第一声は皮肉ではじまった。

「優秀だなんて」

相馬健にはそれが通用しない。だが、その隣で花咲舞だけがきっとなって、紀本を見た。

「まだ若いねえ、君。何年目ですか」

舞の反発心に気づいてか紀本はいった。

「五年目です。これから三日間よろしくお願いします」

舞はいったが、紀本は「五年目か」とそれにこだわった。

「うちには、もっとベテランの行員がたくさんいましてね、君につとまるかなあ、臨店が」

「ま、私も一緒ですから」

脳天気な相馬を、紀本ははじめてぎろりと睨み付けて本心を表した。「そういう問題じゃなくてさ、うちの他にも行き場所はあるんじゃないかっていってるんだよ、相馬調査役」

「はあ」

相馬はようやく、自分たちが招かれざる客だと悟ったようだった。浮かべていた笑みが急速にしぼんでいき、ソファの中で居心地《いごこち》が悪そうに尻《しり》を動かす。

「お言葉ですが、副支店長。神戸支店さんはこの六ヵ月の間に、重要過誤が二つ発生しています。現金過誤に口座相違。小さなミスを入れると、他店の事務レベルを下回る内容といわざるをえません。そこはひとつご理解をいただいて」

「理解できませんね」

紀本はそっけない。「だってね、その重要過誤はいずれも一人の行員が起こしたものですよ」

それは初耳だった。

「そうなんですか」と相馬もきょとんとする。

そんなことも調べてこなかったのか、という態度で紀本は相馬を見下した。自分のほうが優位に立ったことで、態度は数倍大きく、横柄に見える。

「臨店は三日間ね。まあ、いいだろう。たったひとりに足を引っ張られた形だが、他の行員たちは他店のレベルをはるかに凌駕《りょうが》している粒ぞろいだ。その彼女たちに、花咲さんか、あんたが指導することが果たしてあるかどうか。逆に指導されることにならなければいいんだがね」

そういうと紀本はデスクの内線電話で営業課長に上がるように申しつけ、忙しいのでと自分はさっさといなくなった。

「いやな感じよね」

舞は率直な感想を口にしたが、相馬のほうは弱気の虫が騒いだか、すでに不安そうだ。

「もう少し調べてくりゃ良かった」

神戸支店の臨店を事務部長に申請したのは他ならぬ相馬だ。「重要過誤が立て続けに起きています」というのが、たしかその申請理由だったが、のっけから雲行きは怪しい。

やがて、髪の毛の薄くなった四十台半ばの男が入ってきた。営業課長というと泥臭いタイプが多いものだが、男もまた例外ではない。

「営業課長の八木《やぎ》です」

八木祥治《しょうじ》は簡単な自己紹介をし、二人を階下へと案内していく。

神戸支店は、関西指折りの大店だ。歴史も古い名門店舗で、支店長は取締役を兼務している。先ほど対面した副支店長は、他の店なら支店長と同格。決裁権限を持つ現場責任者の立場にある。逆に、取締役支店長は、偉すぎて現場の細かいことを逐一指図する立場にはない。

「申し訳ないですが、今日は店頭の窓口を見てもらえませんか。他はちょっと取り込んでいますので」

八木は少し迷惑そうにいった。三日間のスケジュールは予《あらかじ》め申し伝えてあるが、それを変更しろといっているのである。

「別に構いません。重要過誤を出したのも店頭グループでしたね」

相馬はいって、三つ並んだ窓口についている女子行員たちを背後から眺めた。

八木は嫌な顔をした。

「ええ、そうなんです。田端恭子《たばたきょうこ》がちょっと問題でして」

名指しだ。八木の冷淡な眼差《まなざ》しは、いま三番窓口へと注がれていた。

そこに華奢《きゃしゃ》な背中があった。新人だろうか、かなり若い。

一生懸命に接客して手を動かしている姿からは、確かにミスは犯したかもしれないが、誠実さが溢《あふ》れている。笑顔もすてきだし、上司である八木から疎《うと》まれているのが気の毒だ。

「彼女さえ、しっかりしていたら、臨店チームのお手を煩わすようなことはなかったんですけどねえ」

どうやらこの八木も、副支店長と同様、クセ有りらしい。

「田端くん、ちょっと」

八木が無遠慮に呼んだので、舞は眉《まゆ》をひそめた。

田端の三番窓口にはいま客が通帳を持って立っている。そういうタイミングで声をかけてはいけないのである。それはお客様軽視に通ずる。

だが、田端は立派だった。自分が呼ばれているにもかかわらず、接客を中断することなく、きっちりと応対し、すべきことをしてから窓を離れてきた。

その田端を八木はしかった。

「遅い！　呼んだらすぐに来なきゃ」

「すみません」

田端が悪いとは思えないが、彼女は詫《わ》び、舞と相馬とを眺めた。八木が続ける。

「こちらが、事務部の臨店チームさんだ。最初に君の窓を見てもらうから、そのつもりでいてくれ。もういい加減支店に迷惑をかけてるんだから、これ以上支店の評価をさげるようなことはしないでくれよ。いいな」

田端はぐっと唇を噛《か》んだが、それに耐えて「申し訳ありません」といった。重要過誤を犯したことがいまもなお、田端の両肩にずしりと重くのしかかっているのがわかる。

「よろしくお願いします」

田端は舞を振り向くと、謙虚にお辞儀をした。

4

田端恭子は、新人で神戸支店に入行してきた一年目の行員だった。

「この半年ばかり大変だったわね」

「いえ、私が未熟だったんです」

恭子はそういうと神妙な顔をして、ビールのグラスについたルージュを指先で拭《ぬぐ》う。

神戸支店に臨店した初日は、一日中、恭子と一緒に過ごして終わった。

たしかに新人らしく元気で、礼儀正しくもあるが、如何《いかん》せん技術がついてきてない印象は否めない。

「だけど、あなたは新人なんだから、回りがもっとしっかり見てあげなきゃね」

舞の言葉に相馬もうなずき、「君の教育担当は誰？」ときいた。

東京第一銀行では、新人行員には教育担当がつけられ、一人前の行員になるよう指導することになっている。こうした制度は、東京第一銀行だけではなく他の銀行でも、また一般企業でも研修制度の一環として広く導入されているから珍しいものではない。

「榊原《さかきばら》さんという先輩だったんですが、この五月に結婚退職されたんです」

「後任の教育担当は？」

「いえ、今は誰も……」

相馬と舞は同時にため息をついた。ミスはそれ以降に起きている。起きるべくして起きた、といわざるを得ない。銀行の事務というのは、新人がノーミスでこなせるほど簡単なものではない。ときに一つの窓口に数百件もの処理が集中する日もあり、さらにスピードが要求される激務なのだ。彼女にはまだ無理。それなのに有効な対策をとらず、ミスが出ると彼女を非難する紀本にせよ、八木にせよ、その考え方は間違っている。

「相馬調査役、私、明日も彼女の窓についてあげたいんですけど」

舞の言葉に、相馬はグラスのビールを口に運んだまま少し考えていった。

「まあいいだろう。他の係は俺が見るから、お前は彼女の力になってやれ。そのほうがいいと思う」

「ありがとうございます」

顔を輝かせてそういったのは、舞ではなく、恭子のほうだった。

舞が恭子と夕食をともにしている頃、同じ三ノ宮の駅に近い飲み屋では三人の男が集まっていた。

よからぬ相談をしていることは、辺りをはばかるその雰囲気からなんとなく察することができる。だが、古風な民芸調をベースにした店内には、暖簾《のれん》でしきられたボックス席がいくつもあり、男たちの表情は、その薄い絹ごしに紛れて見えなかった。

「計画はこうだ」

ひとりがいった。仕立てのいいスーツを着ている男だ。あとの二人もまたスーツ姿だが、こちらはサラリーマンというより、自由業に近いラフな印象があった。見てくれではわからないが、この二人はそれぞれ小さな会社を経営している社長だった。とはいえ、その会社はいずれも青息吐息で、多額の借金を抱え明日はどうなるかわからない危機的状況にある。

「まず、できる限りの現金を用意する。一億円もあれば十分だが、そこまでなくてもいい。銀行からは借りられないかもしれないが、一日だけだといえば、貸してくれるところはあるだろう。とにかくまとまった金を作るんだ」

「それで？」

ひとりがタバコをくゆらせながらのんびりした口調できいた。のんびりとはしているが腹の据わった声だ。

「二手に分かれる」

と男はいった。

「まず一人は、どこかの銀行の支店で待機。もう一人は、集めた金をもって別な銀行へ行く。そして電信扱いでその金の振込を依頼する」

「ＡＴＭでもいいのか」

「だめだ」

男は断言した。「窓口で依頼する。電信扱いで振り込むよういうんだ。至急扱いで頼む、とな。そして、窓口の銀行員がオンライン・コンピュータで送金処理をしたのを見計らって、こういうんだ。〝振込をしなくて良くなった〟と。〝すぐに現金を返してくれないか。急用だから早く〟」

「そのどこが金をだまし取る計画なんだ？」

それまで黙ってきいていた三人目の男が質問する。

「わからないか。送金処理をした段階で、別な銀行で待機していた者は、入金確認と同時にその金を引き出す。そして逃げるんだ。一方、振込を依頼したほうも現金をもって逃げる」

「つまり、振込の取り消しをする前に、現金をもってとんずらするっていうわけだな。これは愉快だ。笑えるじゃないか。ざまあみろだぜ」

その一ヵ月前、主力銀行に支援を断られて資金繰りに窮した三人目の男はひきつった笑い声を上げた。

「これがおおよその計画だ。それじゃあ細かいところを詰めるぞ」

主犯格の男がそういうと、笑い声がすっと収まり、男たちの声はふたたび暖簾の内側でくもりはじめた。

5

舞がその男に気づいたのは、二日目の午後のことであった。

神戸支店の営業課待合室は広い。何本もあるソファのひとつに、その男は座っていた。四十代後半。少しくたびれた茶色のジャケットに、くろっぽいパンツ姿。雑誌を顔の前に広げて脚を組んでいる。頭が少し禿《は》げあがって、風邪でもひいているのか、少し頬が赤かった。

「あのお客様……」

恭子の背後に立って、舞はつぶやいた。

「どうしました？」

事務処理の手をとめて恭子はきく。

「いえ、昨日もいらっしゃってたな、と思って。ほら、奥のソファにかけている中年の男の人。茶色のジャケットの……」

「そうでしたっけ」

恭子は目の前の仕事で手一杯、あまり他のことまで注意を払う余裕はない。だが、舞は違う。最初に気づいたときからもう三十分近く、あの客は待たされている。

「すみません」

舞が声をかけたのはフロアにいる庶務行員だ。腕章を巻いた案内係である。金田《かねだ》というネームプレートをつけた初老の男が三番窓口に近づいてきた。その金田にいった。

「あの奥にいらっしゃるお客様、さっきからお待たせしているようなんですが」

振り向いた金田は、「ああ、そういえば」といい、ひょいと舞に手をあげて男に近づいていった。

「すみません、お待たせしているようなんですが、ご用件を承っておりますでしょうか」

金田がきくと、男は黙って立ち上がってそそくさと出入り口から消えた。

「なんやあれ」

さすがに気を悪くしたのか金田は男が見えなくなった方に視線を送りながらいう。

「気をつけてくださいね」

舞がいった。「いろんなお客様がいらっしゃいますので」

いろんなお客様、というのは、つまり悪意の客もまた混じっているという意味だ。銀行の窓口には実際、様々な客が顔を出す。もちろん、そのほとんどはまっとうな客だが、中には悪意の訪問者も混じっているから接客には気を抜けない。

当座預金を開いて小切手や手形を詐取しようとする輩《やから》がいたり、難癖をつけて金を脅し取ろうと虎視眈々《こしたんたん》、狙《ねら》う者もいる。金をとろうとは思っていないが、ストレス解消の機会とばかり銀行員に嚙みつく客だっているのだ。ちょっとしたことで激怒し、窓口で怒鳴り散らす客は、どんな銀行のどんな支店にもいる。

中でも一番警戒しなければならないのは、銀行強盗などの直接的な犯罪だ。用もないのにロビーにいる客というのは、その下見かもしれないと疑ってみるのは銀行員という職業柄、当然の自己防衛手段のひとつである。

「あのお客さん、見たことは？」

「ありません」

恭子はいった。ということは、一見客《いちげん》だ。どんな客商売でも同じかもしれないが、銀行もまた、一見客は要注意である。

ところが、それをきいていた古参の金田は、「どこかで見たことのある客なんやけどなあ」といった。

「取引先かもしれへんな。たしか——」

額に指を強く押しつけながら、「西神戸エステートとかいう不動産屋ちごうたかな」

「融資の取引先ですか」

舞はきいた。銀行の取引先にも様々あるが、預金だけではなく融資課での取引がある相手であれば、まず素性は問題ないと思っていい。メガバンクの一角である東京第一銀行では、客筋の良さもまたひとつの財産だからだ。

「たしか、以前、二階へ出入りしてたような気がするけど、いまは違うと思いますよ」

二階には融資係がある。

「融資の取引がなくなったかもしれないわね」

舞はいった。「用もないのにロビーにいすわるお客様には声をかけてください」

まかせとき、と金田はまた仕事にもどっていった。

「どうした？」

そのとき、営業課長の八木から、声を掛けられた。

「ちょっと不審なお客様がいらっしゃいましたので」

説明した舞を八木は邪魔者でも見るような目で見た。返事はない。代わりに、手にしていた伝票を恭子に手渡した。

「これ、入金してくれるか。いま、支店長室にいらっしゃってるお客さんだ。明石ビルディングさん。口座番号は顧客属性で検索してくれ」

「わかりました」

恭子は小切手と口座番号だけが入っていない振込依頼票をカルトンで受け取った。すでに次の客が立ってきている。

「私がやる。あなたは接客してちょうだい」

そういうと舞は、カウンターの背後にもう一台あるオンラインコンピュータのスロットに自分のＩＤカードを通した。

6

「いったい、どうしてくれるんだ！」

副支店長の紀本は、顔を真っ赤にして怒鳴り散らした。

その日、夕方のことである。

「すみませんでした」

舞は謝罪した。悔しかったがミスはミス。言い訳の仕様がない。

「まったく、ザマはないな」

紀本の叱責《しっせき》は容赦がない。「臨店にしては経験不足というか。相馬調査役、どうしてくれるんだ」

支店二階にある副支店長のデスクの前である。紀本の大声は、二階のフロア中に響き渡り、全員の耳に届いている。その衆人環視の中で、舞は自分のミスを責められているのだった。

恭子に代わって処理した明石ビルディングという会社への振込。金額は三百万円だったが、舞は、明石ビルディングと同名の別会社に振り込んでしまった。業務終了後、八木のチェックでそれが判明し、騒ぎになったのだった。

株式会社明石ビルディングと明石ビルディング株式会社——。前株か後株かの違いはあるが、あとの社名は同じだ。似たようなケースは、多数の取引先を要する銀行の支店ではままあることだが、だからといって言い訳はきかない。

「すみませんでした。振込依頼票に口座番号が記入されていませんでしたので、こちらで検索したのですが、同名他社を見落としていたようです」

「伝票が悪いとでもいうのかね、君」

紀本はつっかかってくる。

「いいえ、そんなことは」

「疫病神《やくびょうがみ》だな、君たちは」

紀本はいい放った。「支店の事務レベルが低いとかいいながら、なにが指導だね。うちにきて、こんなとんでもないミスをしでかすなんて、臨店チームがきいてあきれる。事務部には断固として抗議するからな」

「申し訳ありません、副支店長」

相馬が詫びたが、憤然とした紀本は、すぐさまデスクの受話器をとって行内電話帳の番号を押した。

「ああ、芝崎次長ですか。ちょっとお宅の臨店チームの二人が困ったことをしでかしてくれましてねえ」

舞が犯したミスは、口座相違といわれる。

本来、入金すべき口座ではない、全く別の口座に間違って入金してしまう。つまり、口座を間違えた、というミスだ。これは、銀行が犯す事務ミスの中でも、三本の指に入る重要過誤だ。

「ええ。ええ……」

ミスの内容をまくしたてるように報告した紀本は、芝崎の話を勝ち誇ったような顔できいている。謝罪する次長の声が受話器から漏れきこえた。

「当然ですね、それは。わかりました。でもね、芝崎さん。この二人、もうお引き取り願いたいんですが、どうでしょう」

はっと舞は顔を上げた。もし、臨店計画の繰り上げを許せば、臨店制度そのものがなし崩しにされる可能性がある。そうなれば、相馬と舞の立場はない。

だが、そこは芝崎がなんとか踏ん張ったらしい。

「まあ、そういうことなら、後一日、おつきあいしましょうか。ほんとにお願いしますよ、こんなんでは当行の事務レベルが向上するどころか、低下する一方だ。肝心の事務部が足をひっぱってどうするんですか。せめてもう少しマシな指導員を寄越してくれないと支店が迷惑するんですよね」

まさにいいたい放題である。

受話器を置いた紀本は、うなだれた相馬と舞に「武士の情けだ」といった。

「指導員さんがきちんと指導できるか、生徒である我々がご指導申し上げるとしましょう。ねえ、八木くん」

少し離れたところで成り行きを見守っていた八木に、底意地の悪い笑いが張り付いていた。

7

「金はいくら集まった？」

スーツ姿の男はきいた。

場所は、ポートアイランドにあるホテルのラウンジだった。薄暗くした店内から、神戸港の夜景が窓一杯に広がっているのが見える。周囲はカップルが多いが、そこのテーブルを囲んでいる三人には、夜景などはなから眼中になかった。

「一応、俺は五千万円は確実だ」

ひとりがいった。「ただし、翌日には返却するという条件付きだが」

「構わない。あんたは」

「こっちは三千万円。で、お宅は？」

主犯の男は、「女房のへそくりまでかき集めれば、二千万円くらいならなんとかなる」

「ちょうど一億か。上出来だ」

分け前は仲良く三等分の約束だ。これでスーツ姿の男は、なんとか三千万円の資金を工面し、あとの二人は、自分が経営する会社の青息吐息の資金繰りを一息つかせることができる。

「振込先はどこにする？」

スーツの男がきいた。「できれば実体のない幽霊会社の口座がいいんだが」

「もう見つけた」

そういって、もうひとりの男が出したのは、ある地方銀行の当座預金の通帳だった。通帳には、すり切れそうな文字で土木建築会社の名前が印刷されている。

「どこから手にいれてきた？」

三番目の男がきいた。

「あるスジから買った。心配するな、匿名で譲ってもらったんだ。百万円かかったが、費用はあとで按分《あんぶん》だぞ。この会社は半年前に廃業したんだが、それを銀行には届け出ていない。きっと俺のことをこの会社の社員だと思うだろうな。この計画にはまさにうってつけだ」

スーツの男が通帳を点検し、「ちょっと古いのが気になるが、まあいいだろう」

といって返して寄越した。

「一億円の現金を引き出すと明日伝えてくれ。時間は銀行が一番忙しい午後二時過ぎにしよう。すぐに現金が出せるように用意しておけというんだ。目立つことをして顔を覚えられるなよ」

「わかってるって」

にんまりと笑った男は、もうひとりの男が持っていたキャップと付けヒゲで、おどけてみせる。

「ばか。やめろよ」

もう一人が緊張した様子でいい、「そっちのほうは大丈夫か」とスーツの男にきいた。

男は硬い表情のまま、たぶん、といった。

「たぶんとはなんだ」

「実は、いま本部から臨店チームが来ている」

「臨店？　なんだそれ」

ひとりがきいた。

「まあ、支店の事務指導をしにくる連中のことだ。これがちょっとうるさい。実は今日、うまくやって追い返してやろうと思ったが、うまくいかなかった。明日も居座ることになると思う」

「大丈夫か」

不安そうな顔でひとりがいった。

「心配するな、明日は二十五日だ。店頭はかなり混み合う。そういうときであれば成功する確率は高い」

「しっかりした事務員だったらどうする」

男は、行員のことを事務員と呼んだ。

「そのときには背後から私がフォローするさ。仕方がない」

「そのときじゃなくてもフォローしてくれるんだろうな」

「そうだな」

男は少し考え、「三番窓口から呼ばれると都合がいいんだがな」といった。

「三番窓口？　それが何かあるのか」

「一番未熟な新人がやってる。たぶん、明日のその時間はパニックになっているはずだ。うまく進めようと思ったら窓口で怒鳴り散らせ。きっと思い通りにいくさ」

返事はない。三人の唇に笑いがこびりつき、「もう一杯どうだ」という提案は自然に出てきた。

「頭にくる」

舞は悪態をついた。

「考えすぎじゃねえのか、〝狂咲《くるいざき》〟」

相馬は、舞をあだ名で呼んだ。

宿泊しているホテルから近い居酒屋の二階席だった。ホテルの食事は高いので、安く飲んで食える場所を相馬が探し出してきたが、それにしても騒がしい店だ。おかげで舞の声もあまり目立たない。

だが、舞が怒っているのは、昼間の口座相違の件である。

「あれは、絶対に罠《わな》よ」

それを舞が知ったのは、女子ロッカーで着替えているときだった。業務終了後である。紀本に頼まれて八木に伝票を運んだという融資係の女子行員が舞に、「ごめんなあ」と謝ってきたのだった。

最初は何をいわれているのかわからなかった。紀本にこっぴどくやられ、舞自身かなり落ち込んでいたが、謝られることがあるとは思えなかったからだ。

「こちらこそ、申し訳ありませんでした。お店の足を引っ張るようなことして」

するると相手の女子行員は意外なことをいったのである。

「いいえ、違うねん。あの振込依頼票、口座番号入ってへんかったやろ。私、入れようと思ったねんけどなあ、紀本副支店長が空欄のままで八木課長のところへ持ってけいわはって。あの会社、同じ社名やから気をつけろってなってるのに。花咲さんが間違うの、わかってたんちゃうかな」

ベテランの女子行員だった。気の毒そうに舞に話すその態度から、ようやく、舞にも意味するところが理解できた。

小切手を添えたその伝票を、八木もまた口座番号空欄のまま、補記することなく持ってきた。

普通なら、同名の会社があることを告げてしかるべき場面で、そんなことはおくびにも出さず、舞が処理するのを黙って見ていたのである。

「ぜったいに罠に違いない」

舞はもう一度断言し、そして「悔しいなあ、ほんとに」とコップ酒をかっくらう。

「やけ酒すんなよな、若い女がさ」

舞は怒り出すと手がつけられない。それを知っている相馬は、むしろ遠慮がちに酒を飲んでいる。

「そんなのにまんまとひっかかっちゃうなんて」

自己嫌悪に陥っている舞に、「もう忘れろ」と相馬はいった。だんだんめんどくさくなってきているのだ。

「さっき次長とも話をしたんだが、そもそもそういう場面では同名の会社があるということを告げるべきだし、口座番号を未記入で渡した点も正直悪意を感じるとおっしゃっていた。慎重に処理していれば防げたかもしれないが、お前だけの責任じゃない」

「どうせ私の責任よ」

そういった舞に、「だったら明日挽回《ばんかい》すればいいじゃないか」と相馬はいった。

「ただし——くれぐれもキレるなよ。それだけは頼むぜ、狂咲よ」

8

五十日《ごとおび》という言葉がある。

五と十が付く日という意味で、商売の決済日がこれに当たる。それは同時に銀行の繁忙日を意味するが、中でもその日、二十五日は月末とともに銀行が最も忙しくなる日だった。

この日、神戸支店では、開店後十分足らずで、フロアには客が溢れた。

「それじゃあ、今日は相談係を見てもらえないか。もう店頭グループは十分でしょう」

嫌味ったらしく営業課長の八木にいわれ、舞は定期や投資信託といった運用商品を販売している係を担当することになった。

代々木支店出身の舞は、大店の繁忙日がどれほどのものか知らなかった。殺気立つ店内、緊迫した雰囲気。ぴりぴりしたやりとり。そのどれもが、初めて経験するものだ。

田端恭子はうまく乗り切れるだろうか。

比較的余裕がある運用窓口の背後にいながら、舞が心配したのはそのことだ。カウンターの端のほうを何度も目で確かめる。そのたび、必死になって事務処理をしている恭子の姿が飛び込んできた。昨日までの二日間で、接客態度や技術的な面は格段に進歩した。頭のいい子だな、と思う。ポテンシャルが低いのではなく、誰も彼女に教えなかったからできなかったのだ。

満足に食事をとる暇もないほどの多忙の中、刻々と時間が過ぎていく。

午後一時半を過ぎた。

支店は忙しさのピークを迎えている。待ち人数を示す電光掲示板は、数字の五十を表示したまま点滅を繰り返している。つまり、それ以上の数の客が順番を待っているということだ。おそらく、閉店するまでの一時間半、その点滅が消えることはないだろう。

相談グループの仕事ぶりを観察し、たまにアドバイスをしながら、舞は気になっている恭子にもまた気を配っていた。気は短いが、その一方でそうした細やかな気遣いができるのも、舞の優れたところだ。要するに、懐が深い。

なんとかやっているな、と思ったが、午後二時を過ぎた頃、雲行きが怪しくなった。

ちらりと見た恭子の手が止まっていた。その表情には困惑が張り付いている。なにかわからない処理があったのだ。しばらく考えていたが、立ち上がって八木のもとへ伝票を持っていく。八木の応対は酷《ひど》いものだった。めんどくさそうになにかい、納得していない恭子をそこに残したまま、とっとと席を立ってしまう。途方にくれた恭子は、茫然とした表情でその場に立ちつくしている。

まずい――。

「ちょっと店頭を見てきます」

近くの行員に声をかけ、舞は立ちつくしている恭子に近づいていくとその華奢な肩をぽんと叩いた。すでに八木はどこかへ行ってしまい、営業課長席は空席のままだ。振り返ると、イライラした様子の客がじっとこちらを睨み付けていた。

「なにかわからないことがある？」

あえて明るく舞はきいた。

「すみません。わざわざ」

税金関係の複雑な書類を、恭子はカルトンに載せて持っていた。

「わかった。見てて。これは私がやる。昨日は失敗しちゃったけど、もう大丈夫だから」

恭子の窓に舞がついた。

「お待たせして申し訳ありません」

待たされてむっとしている客にいうと、舞は見事な手際で伝票を処理し始める。

その水際だった処理に、恭子は見入られたようになっている。

「しばらく手伝うよ」

その客の処理を済ますと、すぐに舞は番号札を呼び上げるボタンを押した。

男は、頑丈なアタッシェケースを持って現れた。

四十代半ばの、やけに額の広い男だった。ヤンキースのキャップをかぶっているが、その額に青い静脈が浮き上がり、話すたびにひくつくのがわかる。鼻の下、そして耳から顎《あご》にかけてヒゲを生やしていた。

「いったいどんだけ待たせるんや」

開口一番、男はいい、丸めた番号札を投げて寄越した。それはカウンターの向こう側から、舞の頰の横を通り、背後にいた恭子の膝に当たって床に転がる。

むっとした舞だったが、顔には出さなかった。

「お待たせしてたいへん申し訳ありません。今日はどのようなご用件ですか」

「振込してくれへんか。現金や」

アタッシェケースを拳でごつんと叩いて続ける。「電信扱いで頼むわ」

男は、予め記入された振込依頼票をカウンター越しに差し出した。

振込先は、地元銀行の支店に口座を持っている会社だ。

金額は一億円。大口の現金振込である。

男はアタッシェケースをあけ、中味をカウンターに取り出して並べた。一千万円ごとに十字にくられた紙幣が全部で十かたまり。つまり一億円である。

そして男は、これ見よがしに腕時計を覗《のぞ》き込んだ。

「早いところ頼む。不動産取引なんでね、相手がじれてるんだよ」

「かしこまりました。現金をお預かりしてもよろしいでしょうか」

「おい、まさか全部数えるつもりじゃないだろうな」

男は刺々《とげとげ》しい口調できいた。

舞は、少し困った表情を作ってみせる。

「申し訳ございません。一応、お持ちいただいた現金は数えさせていただくことになっておりますので」

「なんだよ。銀行の帯封がついててもだめなのか」

「申し訳ございません。大至急やらせていただきますので、ご容赦ください」

「しょうがないなあ。早くしてくれ」

ぞんざいな調子で男はいい、そのまま背後のソファにもどって行く。それまで男が座っていた場所にかけていた男が慌てた様子で席を空けるのが見えた。

平気な顔でどっかと椅子《いす》にかけたその姿を見たとき、なにかが舞の直感を刺激してきた。

「田端さん、これを出納係《すいとう》のオートキャッシャーで数えてきて」

「わかりました」

カウンターに積み上げられた現金を専用のカゴにいれ、恭子が走って行く。金額が確認されるまでは電信振込はできない。そういうルールだからだ。数え終わるまでしばらく時間がかかる。その間に、舞は新たな番号札を読み上げ、すばやく処理を進める。

「おい、なにやってるんだ」

背後から声がかかって舞は振り返った。

副支店長の紀本が舞を睨み付けていた。相馬との打ち合わせを終えてきたらしい。背後に相馬も立って、心配そうな顔で舞を見ている。

「今日は相談係を指導してもらうことになっていたはずだ。もういい加減、店内をかき回すのはやめろ」

「かき回しているわけではありません」

舞は紀本に反論した。「ご支店では新人の田端さんに対する教育体制がうまく機能していない。彼女がミスをするのは、そうした体制に起因するところが大きいんです」

「なにをふざけたこといってるんだ。よくそんな大きな口を叩けるな。誰だったかな、昨日ここで口座相違してくれた新人さんは」

「それについては謝ります。ですが、これとは話が別です」

舞の言葉に、紀本は激昂した。

「君が勝手に田端のポジションに入るのは、副支店長にある人事権への侵害だ。違うかね、相馬調査役」

相馬はどぎまぎして、舞に顔をしかめてみせる。これ以上騒ぎを起こすな――そういいたいのだ。だが、舞は〝狂咲〟たる本領を徐々に発揮しつつあった。

「これはあくまで指導の一環です、紀本副支店長。彼女のことをずっと見ていましたが、明らかに処理に困っていました。それなのに八木課長はほったらかしで、助けようとはしませんでした。それではミスが出るのは当然です。私の仕事は、支店のミスを減らすことです。ならば、いま彼女のためにこの窓口に座るのが私ができる最善の策だと思います」

「なにを偉そうに――」

紀本がいいかけたとき、恭子が戻ってきた。

「どうでした、田端さん」

「ちゃんと一億円、ありました」

「ありがとう」

舞は紀本のことなど無視して、再び三番窓口に着く。

「そこをどけ！　田端に窓口を代わるんだ！」

色をなした紀本の様子にも舞は動じる風はなかった。それどころか、副支店長の存在など無視して、「現金をそこに置いてちょうだい」と恭子に指示し、振込依頼票にかかれた男の名前をカウンター越しに呼んだ。

「青島吉三《あおしまよしぞう》さーん」

待ちかねたらしく、なにかターゲットに突進してくるような勢いで男が立ってきた。

「おい、早くしてくれ。時間がないんや。一億円、間違いなかったやろ」

「恐れ入ります。振込手数料をいただきます」

「ふざけるなよっ」

くしゃくしゃになった千円札がポケットからひっぱりだされ、差し出したカルトンに落ちた。

「少々お待ちください」

舞は振込依頼票を手に取る。オンラインコンピュータに、必要項目を入力するまで、あっという間だった。キーボードを打つ指は、見えないぐらい速い。

9

男はじりじりしながら待っていた。

番号札を引き、運良くいわれていた通りの三番窓口に当たったまでは良かった。だが、その窓に座っていたのは、いつもの新人ではなく、おそらくは本部から来たという臨店チームの女だ。女の名前はネームプレートでわかった。花咲だ。どきっとするほど綺麗《きれい》な女だが、なにか一本、スジが通っているようなそんな迫力すら感じさせる接客態度に、油断すると気圧《けお》されそうになる。怒りを極端に増幅させることで、男は相手から受ける威圧感に対抗するしかなかった。番号札を投げつけ、そして千円札をわざと無造作にカルトンに入れた。

そして早くしろ、と脅しつけてやった。

それに、紀本の援護が重なった。

待合いロビーから、カウンター内でいま揉《も》め事が起きていることはよくわかった。花咲と紀本とがいい合っている様を、男だけではなく、他の客も興味津々の顔で眺めている。

紀本の主張はおおよそ想像がついた。花咲ではなく、新人を窓口に座らせようとしているのだ。そのほうが計画がスムーズに運ぶ可能性がある。

携帯が鳴った。

「まだか」

別な銀行で待機している仲間からだ。

「もう少しだ。このまま待て」

そのとき、男のところから、紀本が鼻をつまむのがわかった。

オンラインでの振込が完了したことを告げるサインだ。

「いいぞ。引き出せ」

携帯電話にそう告げてから、男は再び三番窓口へ突進した。紀本の表情が緊張でややこわばっているように見える。正真正銘、ここが勝負だ。俺はこの女に勝負を挑む。

「遅いんじゃ、コラァ！」

突然の大声に、フロアにいる全員の視線が自分に注がれるのがわかった。

だが、花咲は涼しい顔で微動だにしなかった。

「大変、お待たせしております。でも、もうすぐですから」

伝票に処理判を捺《お》そうとしている花咲に、男は叫んだ。

「返せ！　もうええ。金、返せ！　お前な、いつまで客を待たせるつもりなんや。ええ加減にせえや。他の銀行でやる。さっさと返せ！　おい！」

そばにいた男に人差し指を突きだした。営業課長の八木のことは、紀本からきいて知っている。顧客とのトラブルになると、及び腰になる腰抜けだと。現に八木の顔は青ざめ、頬は痙攣《けいれん》したようにひきつっていた。

「早く現金《カネ》を返せ！」

八木の手元近くに、男が渡した一億円がカゴに入ったまま置いてある。「もし取引に遅れたら損害賠償請求やで！」

いいぞ。なかなかいい演技だ。自分でもそう思った。案の定、八木の手が現金のカゴに伸び、おろおろとカウンターの上に上げる。

よし、それでいい。

男は手を伸ばした。が――。

「あっ――！」

指先が触れた瞬間、カゴは男の目の前から消えた。花咲がそれを横から奪い取り、カウンターの内側に置いたのである。

「まだお戻しするわけには参りません、お客様。もう少々お待ちください」

「なんだと。早く返せ！　それは俺の金だぞ。訴えられてもいいのか」

だが、そんな脅し文句も相手には全く通じなかった。

毅然《きぜん》とした態度の花咲の目がまっすぐに男を射抜いている。

そのとき背後から紀本が助け船を出した。

「おい、なにを考えてるんだ。早く、お返ししろ！」

八木がそれに加勢した。

「おい、いい加減にしろよ」

相馬までもが、おろおろした声でいった。「く、狂咲、頼む……」

そんな非難の声を、狂咲は一喝した。

「一億円の誤払いになってもいいんですか！」

はっと相馬が息をのんだ。あまりの剣幕に、全員が手をとめ、狂咲を見た。

注目を浴びながら、舞は落ち着き払っていた。素早くオンラインコンピュータを操作し、電信振込の取り消し画面を出す。

しかし——。

処理をしようとした花咲の指先は、そこでぴたりと止まった。

表情が強張《こわば》る。

鋭い視線がカウンターの内側から男に向けられた。

「この現金はお返しできません、お客様」

「なにをとぼけたことを！」

男は虚勢を張ったが、無駄なことだった。

「もう振込をされた相手方で引き出されています。先ほど携帯電話でお話をされていましたね。随分とタイミングが良すぎると思うのですが、どういうことでしょうか」

鋭い指摘だ。とっさに返す言葉がない。

男は、空のままアタッシェケースの蓋《ふた》を閉じ、窓口から後ずさった。さっと背を向け、出口に向かって歩き出す。そのとき、花咲の声が追ってきた。

「西神戸エステートさん——！」

思わず、男は振り返ってしまった。驚きのあまり、付けヒゲがとれたことにも気づかない。

立ち上がった花咲の燃えるような視線に見つめられると、なぜか足が動かなくなった。

なんなんだこの女、すごい迫力だ——。

花咲の背後で紀本の表情が奇妙に歪《ゆが》んでいる。動揺に唇が震えているのがわかった。

携帯が鳴り出した。無意識のうち耳に押し当てると、脳天気な浮かれ声がきこえた。

「どうだ。そっちの首尾は。こっちはまんまと一億円、引き出したぜ！　ヤッホー」

「バカ野郎。なに浮かれてんねん」

男はどうにか声を絞り出す。「臨店の女にやられた。早く逃げろ。俺も——」

自分も逃げようとしたとき、誰かがぐいと腕を摑《つか》んできた。フロア案内の腕章がちらりと目に入る。

「金田さん」

そのとき再び花咲の声がした。「こちらへお連れしてください。その方、紀本副支店長のお友達のようですから」

花咲は涼しい顔で三番窓口に座っている。その背後で、紀本が完全に凍りついていた。やがて、何事もなかったように新しい番号札を読み上げる声がフロアに響いた。

腐魚

1

「社長、日頃は東京第一銀行をご贔屓《ひいき》にしていただきまして、誠にありがとうございます」

東京第一銀行七階にある役員フロア、その応接室で真藤毅《たけし》は深々と腰を折り、愛想笑いを浮かべた。

「いやあ、こちらこそ何かと面倒を見ていただいている。感謝してるよ。東京第一銀行さんには足を向けて眠れないと今朝も家内と話していたところでね」

「なにをおっしゃいますやら。過分なお言葉、いたみいります」

普段めったなことでは銀行に顔を出さない相手から、面談のアポが入った。年始の挨拶《あいさつ》ならこちらから伺ったばかり。なにか用件があるはずだ。なかなか真意の見えない相手に、真藤は、本題を切り出させるための間をおいた。

相手はリラックスした様子で脚を組み、胸ポケットから取り出したタバコに火を点《つ》ける。出てきた言葉は、同時にぷはっ、と吐き出された煙にまみれた。

「実は、景気もそろそろ上向きになってきたところだし、長い間ペンディングになっていた開発プロジェクトの企画をどうかと思ってね」

真藤の顔がぱっと明るくなる。

「すばらしい。ついに決断されましたか」

膝《ひざ》を打った。「マーケティングに定評のある御社です。必ず成功されると確信しております よ、社長」

「それは君、当然じゃないかね」

尊大な態度だが、この相手がいうと妙に様になるから不思議だ。まるで叱《しか》られたように、真藤は恐縮し、相手の顔色をうかがう。

伊丹《いたみ》百貨店社長、伊丹清吾《せいご》。業界の雄といわれる老舗《しにせ》百貨店のオーナー社長で、気まぐれな専制君主との評判もある男だった。伊丹が率いる伊丹百貨店は、傘下に様々な企業体をおさめる一大グループを形成しており、伊丹はその総帥《そうすい》の地位にもいた。伊丹百貨店は、東京第一銀行にとって融資額一千億円を超える優良取引先でもあり、その気分屋のトップとなれば、下にも置かぬ丁重な扱い。まるで腫《は》れ物にでも触るようだ。

「今度の支店は、赤坂駅近くに新しく開発した土地に建設し、ホテル、高級マンション、劇場などを誘致した複合施設の中心になる。三千億円をゆうに超える一大プロジェクトだぞ、真藤君。これは首都東京の新しい目玉になるね。完成したあかつきには、人とモノの流れを変えることになるだろう。いまから楽しみだ」

伊丹の表情は夢を語る少年のように輝いた。

「さすが伊丹社長。当行としても是非、プロジェクトのお役に立たせていただきたいと存じます」

「もちろん、そのつもりだ。今回のプロジェクトでは一千億円単位の資金調達が条件になる。当然、主力銀行として御行のお力を借りなければならないだろう。ただし、うちもそれほど余裕がないから、金利のほうはちょいとばかりお手柔らかに願うことになりそうだがね」

うわっ、とばかりに真藤は顔をしかめてみせた。

「これはこれは、強烈な先制パンチをいただきました。ですが、条件面については、できる限りのことはさせていただく所存でございますので、なにとぞよろしくお願い申し上げます。それにしましても、各銀行の支援割合などはまだお決めにはなっていないのでしょう？」

それが肝心なところとばかり、真藤は慎重にきいた。

「ああ、プロジェクトの大枠は決まったのだが、資金調達面については、お宅も含め、オファーが多くて決めかねているというのが正直なところなんだ」

うかうかすると他行にもっていかれる。そんな危機感を抱いたらしい真藤の目が抜け目なく光った。

「社長、そんな。迷うことなどないではありませんか。他行からどんなお申し出があったにせよ、私どもが条件面でひけをとることはないと約束させていただきます。この東京第一銀行、たしかに不良債権云々《うんぬん》と騒がれておりますが、当期末でそれも一段落する見込みです。腐っても鯛《たい》でございますぞ、社長。どうぞ、安心して当行にお任せください」

「ほう、これはこれは心強い。戻ったらさっそく担当の者に申しつけておくことにしようか。まあ、真藤君からそこまで積極的な発言を得られるとは正直、期待していなかったが、実はなからお宅には相応の支援をお願いせねばと思っていた、というのが本音でね」

「ありがとうございます。精一杯、やらせていただきます」

また深々と頭を下げた真藤に手をひらひらさせてこたえた伊丹は、「うちの清一《せいいち》郎《ろう》もお世話になっているし、これはいよいよ東京第一銀行さんには足を向けて眠れなくなりそうな案配になってきたな」といって豪快に笑った。

その伊丹を一階の正面玄関まで見送りにいった真藤が役員室に戻ったとき、直属の部下である児玉直樹が来て待っていた。

「紀本の件です」

真藤は舌打ちした。

「まったくしょうがない奴《やつ》だ。性悪女に手を出した挙げ句、ヤクザに足下をすくわれ、それだけにとどまらず現金詐取の手引きまでしたとはな！」

怒り心頭である。

「ですが紀本の業績を勘案の上、当行としても罪一等を減じる嘆願書を提出してはどうかという意見があるのですが」

真藤は露骨に嫌な顔をして、「バカが、刑事事件になどしよって」と吐き捨てた。

「やりようによっては、内々で処理できたろうに。その――」

「事務部臨店チーム、ですか」

「そう、その臨店のあほどものせいで、引っ込みがつかなくなってしまった。いまいましい奴らめ」

「辛島事務部長は、なんと」

真藤はさらに怒りに頬《ほお》を朱にそめた。

「やる方が悪いとぬかしおった」

児玉は深いため息をつく。まあ、それも一面の真理ではあるが、今回の件はあまりに運がなかったとしかいいようがない。

「いまに、痛い目に遭わせてやるわ。たかが、臨店ではないか。なあ、児玉」

まさしく、とかしこまってみせた児玉は、「その臨店の件ですが、紀本の一件で、図に乗っているやもしれません。どこかでクギを刺しておかないと」。

「雉《きじ》も鳴かずば打たれまい、か。その後、どんな動きだ」

話の成り行きから当然きかれると思ったか、児玉はすでに事務部で内偵してきた情報を携えていた。

「本日から三日間、新宿支店へ臨店しているとのことです」

「新宿だと。ちょこざいな」

真藤はますます顔を赤らめた。それもそのはず、新宿支店は、真藤が銀行員になって最初に赴任した支店だったからだ。なにか自分の腹の中を探られているような不快感を覚えたに違いない。

「新宿だったら、誰がいる」

「徳山さんが支店長をつとめております」

はじめて真藤の顔ににんまりした笑いが浮かんだ。

「徳山か。いいだろう、奴にいってやれとな。かわいがってやれとな。ところで――」

ふと思い出したように真藤は真顔に戻った。「いま、伊丹社長がお見えになったが、伊丹社長のご子息をうちでお預かりしていたな。どこの支店に配属になったんだったかな」

答えはすぐには返ってこなかった。

だが、知らなかったから答えられないのではないことは、児玉の困ったような顔を見れば一目瞭然《いちもくりょうぜん》だ。

「どうした」

「はあ。実は、伊丹社長のご子息の配属先はその――新宿支店でございます」

2

「うわあ、ありがとうございます！」

中島英里子の声が弾《はじ》けて、花咲舞もそちらを振り向いた。満面の笑みを浮かべている英里子のカウンターには白髪混じりの紳士が立っていた。五十過ぎのスマートな印象の男で、こちらも英里子に負けず劣らずの満面の笑みだ。

「いやあ、いつもお世話になってますから」

親しげに男はいった。

「いいんですか、いただいちゃって」

「どうぞどうぞ。遠慮しないで。みなさんで召し上がってください」

「ほんとにいつもすみません」

英里子は立ち上がってカウンター越しに差し出されたお菓子の箱を受け取り、男に頭を下げた。箱にかかっているのは有名なお菓子屋の包装紙だ。スーツ姿の男は、そんな英里子のよろこぶ姿を見るのが楽しみだといわんばかりの雰囲気を漂わせていた。

「お得意先?」

その様子を眺めていた舞は、そばにいる安川真美《やすかわまみ》にきいた。安川は、中島と同じ新宿支店営業課でテラーをしている二十三歳の若手だ。若手といっても、入行三年も経《た》つと銀行ではもう中堅。ミスは許されない。一方の英里子は、真美の二つ先輩で、若返りが進んでいる銀行では立派なベテランだ。新宿支店ではここのところ事務ミスが続き、主要店舗であるだけに事態を重く見た事務部次長の芝崎太一の命令で、三日間の臨店指導をすることになったのである。

「幸田《こうだ》産業さんというアパレルの会社の社長さんなんです」

忙しさに顔を上気させて真美が小声でいった。「よく差し入れもってきてくれるんですよ。これがすごくおいしいクッキーなんですよね」

二月も二十日を過ぎてフロアは客で溢《あふ》れかえっている。気が抜けない緊張を強いられている中で、なごむような一瞬だった。

「それじゃあ、これをお願いします」

幸田は、黒い鞄《かばん》から通帳や手形などが入ったビニール袋を取り出して英里子に渡した。

「これから融資課へ行って来るから。たぶん二十分ぐらいで戻ると思います」

「じゃあ、帰りに寄ってください。やっておきます」

こういう処理のことを「お預かり」といって、最近では事務効率化の観点からどこの銀行でもやらなくなったが、幸田は、特別な相手のようだった。親しい取引先もそうでない取引先も同様に扱うのは、公平にみえて実は公平ではない。だからこれでいいのだが――。

「うちのお客さんもああいう方ばかりならいいんですけど」

真美は嘆息した。

東京第一銀行が擁する三百ヵ店の中で、新宿は来店客数の多いベスト3に入る繁忙店だ。しかも、新宿という土地柄、一見客《いちげん》が多く、対応には気が抜けない。親しい取引先ならミスをしてもなんとかなるが、何の関係もない一見客の場合、ミスがトラブルに直結するという事態は往々にして考えられるからである。店頭のテラーは、まさに緊張の連続だ。

それだけではなく、新宿支店は事務量が半端ではない。事務ミスが続いたのも、極端なオーバーワークが原因だ。予想外の退職者が出た関係で、想定している行員よりも二人少ない人数でくり回しており、他店を大幅に上回る来店客数なのに、店頭グループでは中島英里子と安川真美のほかは、急ごしらえのパートが窓に出ているような状態だ。

優秀な行員を重点配置しているとはいえ、人間である以上、どうしてもミスは出る。それが重なれば、「新宿支店、どうした」といわれることになって、舞たち事務部臨店というシナリオの出来上がりである。

だが、行員の技術が低いわけではないから、可哀想《かわいそう》なのは真美たちテラーだ。支店の人事政策の失敗がそもそもの原因なのに、ミスが多いとなれば、人事評定でもバッテンがつく。「ミスが出たのは、ご支店の行員さんの技術不足というわけではないと思いますが」と、朝の支店長との挨拶で遠慮がちに相馬健がいったのもうなずける。

幸田が向かった融資課は二階にある。

二十分ほどで戻ると幸田はいい置いたが、その時間を過ぎても、幸田は姿を見せなかった。

英里子のカウンターには、幸田に返却する通帳や手形がカルトンに入れられたまま置いてある。

さらに二時間ほどが経過し、入り口のシャッターが閉まった頃になって、英里子も困惑した視線を二階への階段へ向けた。混雑していたフロアの客もほとんど片づいて、ソファに出たままになっている雑誌を庶務行員が片づけはじめている。

「安川さん、幸田社長、見かけなかった？　これ忘れて帰ってないよね」

英里子にきかれ、真美も首を傾《かし》げる。

そのとき、幸田の姿が階段に現れた。

「ああ、いらっしゃった」

立ち上がった英里子は、幸田の名前を呼ぼうとして怪訝《けげん》な表情を浮かべた。幸田の顔つきが変わっていたからだ。二時間前、カウンターで笑顔を見せていた幸田とは打って変わった厳しい表情を浮かべている。

階段を下りてきた幸田は、そのままカウンターに預けたもののことを忘れて、まっすぐに裏の通用口へと向かいかけた。

「幸田さま――！」

英里子が呼びかけたが、その声も耳に入らなかったらしい。心ここにあらず。

「行っちゃったわ。どうしましょう」

「私が行ってきましょう」

舞はいった。「あなたは、現金を合わせて早く窓口を締めて」

「すみません、花咲さん」

舞は幸田の後を追いかけて通用口を出た。

「幸田さま！　お忘れものです」

新宿の雑踏を歩き始めていた幸田に追いついた舞はいった。そこではっと顔を上げた幸田は、「そうだった！　私としたことが」と苦笑いを浮かべる。

「あの、お体の具合でも悪いんですか？」

幸田の顔色は真っ青だ。新宿の雑踏の中で現金を渡すわけにはいかない。支店に戻り、あらためて処理が済んだ通帳などを渡しながら、舞はきいた。営業課の接客ブースだ。

「いや、それがちょっと困ったことをいわれたものでね。ところであなたは見ない顔ですね」

自己紹介した舞に、幸田は名刺を差し出した。

「実はその、お恥ずかしい話で、融資が難しいといわれたものだからね。ほんと、担当の伊丹さんには参ったよ」

伊丹というのは担当者の名前だろうか。

「そうだったんですか」

なんといっていいかわからず、舞は口を濁した。融資に関することは、舞の専門ではないから、口出しする筋合いのものではない。だが、あまりにも打ちひしがれた幸田の態度を見ると、黙っているわけにもいかなかった。

「それは大変でしたね。おいくらのご融資だったんですか」

「五千万円。いやまだダメと決まったわけではないので。ただ、納得いかなくて、ついつい——」

幸田はいいかけたが、「いや、あなたにこんな話をしても仕方がないか」といって腰を上げた。

「ご希望通り融資できればいいんですけど」

そうつぶやいた舞に、幸田は消え入りそうな笑みを浮かべ、じゃあ、と片手を上げた。裏手の通用口まで見送る。その背はすぐに新宿の雑踏の中に紛れて見えなくなった。

「花咲さん、すみませんでした。社長、様子がヘンでしたけど、なにかあったんですか」

営業課に戻ると英里子がきいた。

「それが、どうも、融資の相談がうまくいかなかったらしいのよ」

「融資ですか?」

英里子は、幸田からもらったお菓子の箱を手にしたまま、困った顔になった。融資がらみとなると、お菓子にしても、封を開けていいものやら、判断がつかない。銀行というところは、相手に対して借りを作ったりすることを嫌う体質があるからだ。業績が悪い会社からうっかり付け届けをもらおうものなら、融資が断りにくくなる。

「課長、どうしましょう」

英里子は、傍《かたわ》らで話をきいていた営業課長の伏見崇《ふしみたかし》に、判断を仰いだ。

「まあ、そうだなあ……」

伏見は今年五十に手が届きそうなベテラン課長だ。下町生まれらしいくだけた言葉遣いと、銀行員というより職人といったほうが通る風貌《ふうぼう》がユニークだ。「まあ、いつものことだから、知らなかったことにして食べちまってもいいんじゃないのかい。古い付き合いなんだし、幸田さんがちょくちょく差し入れをくれることは、コレも知ってるからさ」

親指を出す。支店長のことだ。支店長の徳山とは、朝方、臨店の挨拶のときに顔を合わせた。そもそも事務に問題ありという理由で臨店するわけだから、現場責任者にしてみれば自分の経営を批判されるとでも思うのだろう。徳山もまた、相馬に対して冷淡な態度を見せていた。印象はよくない。

「ま、念のために担当者に一言、断っておけばいいだろう。誰だ、幸田さんの担当者は」

「伊丹さんという方だと、おっしゃってましたけど」

舞は幸田の話を思い出していった。たちまち伏見は渋い顔になる。

「あいつかよ。じゃあ、黙って食っちまうか」

「どういうことなの？」

意外な反応に驚いた舞は、「噂《うわさ》をすればですよ」という真美の言葉に、彼女の視線を追った。

ちょうど二階から、ひとりの男が下りてきたところだ。

長身のすらりとした男だった。大店の融資マン独特の緊張感を全身から放ち、足早に近づいてくる。どうやらこの男が、幸田産業の融資を担当している伊丹という男のようだった。まだ、二十代前半の若い男である。入行後数年といったところか。

伊丹はまっすぐに店頭グループのシマまで歩いてくると、伝票をデスクにぽんと投げた。

「これ、処理しといて」

時間はすでに四時を過ぎている。現金や預金、手形を扱う営業課の仕事はほとんど片づき、業務終了に向けた後片づけもそろそろ終わろうかという時間帯だ。明らかなルール違反である。

「頼むよ」

舞たちの反応も見ないで平然と背を向ける。

「ちょっと待って、君」

舞が声を掛けたが、足を止める気配もない。「ちょっと！」

伝票を持って舞は立ち上がった。

「待ってって、いってるの。きこえなかった？」

「はあ？」

ようやく立ち止まった伊丹は眉間《みけん》に皺《しわ》を寄せた。「なんだよ」

「なんだよ、じゃない」

向かい合うと、舞のほうが見上げるかたちになる。それでなくても、伊丹には、どこか人を見下すようなところが感じられた。横柄《おうへい》な態度だ。

「今日の業務は終了してるのよ。今頃伝票回されても困るんだけど」

だが、伊丹は動じなかった。

「だからなに？」

「この処理は受けられませんといっているの。今日はあなたのほうで処理して、明日、営業課に回付していただけませんか」

自分の前に差し出された伝票を見て伊丹は鼻で笑った。

「そういえば臨店が来てるっていってたな。花咲さんか、なかなかかわいいじゃん。

覚えておこう」

舞の胸につけているネームプレートを伊丹は読んだ。「でもさ、お堅いこといわないでよ、花咲さん。そんなことといってちゃ、うちの仕事は回らないんだよね」

なれなれしい男は嫌いだ。

「融資が忙しいのはなにも新宿支店だけじゃない。あなたが持ち込んだこの伝票を処理するためには、一旦締めた計算をもう一度やりなおさなければならない。それがどういうことかわかるでしょ。この伝票は持ち帰ってオーバーナイト処理してよ」

要するに、未処理の重要物件として金庫に入れるなどの仮処理をしろといっているのである。

「はいはい。ご説ごもっとも」

うるさそうに伊丹はいい、真美を振り返るとこれ見よがしにいう。「なんかうるさい人がいるけど、安川さん、頼んだぜ」

「君、だからさっきからいってる通り――ちょっと待ちなさいよ」

舞の制止をきかず、伊丹はさっさと行ってしまった。

「なんなんですか、あのひと」

「わるいな、花咲さん。ちょっと彼、ワケありなんでさ」

「ワケありって、どういうことです」

きいた舞に、不機嫌な顔で腕組みをしている英里子がこたえた。

「伊丹って、伊丹百貨店の御曹司《おんぞうし》なんですよね」

「だからって、好き勝手やっていいということにはならないでしょう」

「注意はしてるんだけどねえ」

伏見はしかめっ面だ。「上が甘やかしてるんだろ。将来は伊丹百貨店に戻る男だ。預かりものだとでも思ってるらしい」

舞がため息をついたとき、打ち合わせを終えたらしい相馬が疲れた顔をして戻ってきた。臨店に対してあまり協力的ではない管理職を相手に、支店運営について意見交換をするのはさぞかしエネルギーがいったに違いない。

「ああ、なんかそういうVIPがいるって話だったなあ。そいつか」

事情をきいた相馬は抱えている資料から支店名簿をひっぱりだした。「けっ、まだ末席じゃないか。態度でかすぎないか」

末席というのは、係員の一番下のことだ。新宿支店に三課ある融資課のうち、伊丹は中小企業相手を専門としている課の末席だった。

「きちんと課長から注意していただけませんか」

舞の申し入れを伏見は渋った。

「いや、いわれるまでもなく、何度か申し入れはしているんだが、なかなかきいてもらえないんだよ」

「じゃあ、私から申し入れてみます」

「おい、ちょっと待て、狂咲《くるいざき》――いや、花咲。頼むからお前だけで行くな」

また面倒なことになると心配になったのだろう。融資課のある二階へ向かう舞を慌てて相馬が追いかけてきた。

3

「で、ご用件はなんです」

新宿支店融資課長の羽田《はだ》雅則《まさのり》は、椅子《いす》の背もたれに体を投げ出し、頭の後ろで手を組んだ。

「ですから、もう営業課の業務終了後にこういった伝票を回さないよう課内ルールを徹底してもらいたいと申し上げているんです。この一枚の伝票を処理するために、どれくらいの手間がかかるか、課長ならご存じのはずです」

「手間ねえ」

伊丹の伝票を手にしながら、羽田は小馬鹿にしたように肩をゆすった。「といってもまだ就業時間内じゃないですか。早く帰りたいのはわかるけど、我々なんか連日サービス残業でがんばっているのに、営業課だけが自己都合を振り回すというのはアンバランスだと思いませんか?」

「思いません」

舞が毅然《きぜん》として言い放ち、傍らの相馬が「まあまあ」と割って入った。

「とりあえず、これは課題にしておきますから、店内で伝票回付のルールを作成するなり、検討してみてくださいよ」

「やれやれ、いつも難題を押しつけられるのは融資課だ。ただでさえ、殺人的な忙しさだというのに伝票一枚で目くじらをたてられ、挙げ句、宿題ときたか」

自棄《やけ》気味に吐き捨てた羽田は、舞たちに怒っているような言葉とは裏腹に、伊丹のほうへ困ったような視線を向ける。それから、「忙しいのでもういいでしょう?」というと、手元の書類に目を通し始めた。だが、舞の話はまだ終わっていない。

「まだあるんですか」

「もうひとつ。幸田産業さんから差し入れをいただいているんですが、どうすればよろしいんでしょう。融資とのからみがあるようですから、一応、お伺いしようと思いまして」

軽く舌打ちした羽田は、「伊丹君！」と、課員の最前列にいる伊丹を呼んだ。返事はない。きこえなかったのかと思うほど緩慢な動作で立ち上がってきた伊丹は、きいていないようでいて、背中で話をきいていたらしい。開口一番、いった。

「そんなの捨ててください」

「捨てるですって？」

平然といい放った伊丹を、舞はまじまじと見返した。

「それはおかしいでしょう、伊丹さん。いただいたものなら、せめてお返しするのがスジじゃないですか。それを捨てろだなんて」

「その程度の会社なんですから、仕方がないでしょう。営業課が甘やかすからああいう会社がつけあがるんじゃないんですか」

「甘やかすですって？」

親しみのある笑顔を浮かべていた幸田と、つい先ほどの、打ちひしがれ憔悴《しょうすい》した幸田——。その両極端の姿に割り切れないものを感じながら、舞は「それは違うでしょう」と反論していた。

「与信判断にまで口出しするんですか、事務部の臨店は」

「いえいえ、そういうわけでは」と相馬が慌てる。

「菓子の差し入れのことまでこっちにふられちゃかなわないよ、ねえ課長」

伊丹に相づちを求められた羽田は、渋面になる。

「もういい。君たちだって銀行員なんだから、どうすればいいかは自分たちで考えてくださいよ」

だが、舞はどうも腹の虫が治まらない。

「幸田産業さんへの融資姿勢をきかないことには、判断しかねます。だからお伺いしたのに。そもそも、差し入れまで断らなければならない先なら、予めそのように連絡しておいてください。コミュニケーション不足です」

「なにいってんの。差し入れならなんでももらうという、ごっつぁん体質が問題じゃないか」

伊丹がせせら笑う。「とにかく、幸田産業に対する融資は難しい。そう思っていただいて結構です。そのつもりで対応してください」

まるで、自分が融資課長になったような言い草である。だが、その伊丹に遠慮でもあるのか、羽田は黙っていた。

「古くからの取引先だときいていますけど？」

「だからなんなんです」

挑戦的な態度で、伊丹は舞を見下す。「古くからの取引だろうと、新しい取引だろうと関係ないでしょう。要は業績の善《よ》し悪《あ》し、信用格付けで判断してるんだ。事務臨店さんは、いまでも社長の顔色をみて融資しているとでも思ってるんですか」

融資課を辞去したとたん、舞は吐き捨てた。

「なによあの男。頭にくる！」

「見かけはお前好みのイケメンなのになあ」

「どこが私好みですって？」

相馬をぎろりと睨みつけた舞は、営業課への階段を憤然と駆け下りていった。

「せっかくご厚意でいただいたものをお返しするというのもなんですが」

営業課長の伏見とともに、舞が幸田の事務所に出向いたのはその晩のことであった。

幸田は、深く嘆息した。

「そこまでされると、もう笑うしかないかな」

「申し訳ございません。私どもが至らないばかりに余計なことになってしまいまして。そもそも、他のお客様の手前、このようなことをしていただくのも遠慮すべきでした」

伏見の詫《わ》びに、「いいんですよ」と幸田はいった。

幸田の事務所は支店から徒歩十五分ほどのビルの一階と二階に入っていた。二階が事務所、一階が倉庫で、舞たちが来たとき、倉庫内ではちょうど段ボール箱から出された婦人服の仕訳作業の真っ最中だった。

「それにしても弱りました」

力なく幸田はいった。「決済日は明後日の二十五日なんです」

「明後日？」

同行した相馬が思わず身を乗り出す。「時間がないなあ、それは。融資課ではなんといわれたんですか」

「うちのいまの業績では無理だと」

「すると、もしかして、赤字ですか？」

遠慮勝ちに相馬がきく。幸田は首を横にふった。

「いいえ。確かに利益は小さいですが黒字です。ただし、うちはこの事務所も賃貸で担保と呼べるものがほとんどありません。今年は景気も上向きで売上げも増えそうなんですが、そうすると、それだけ仕入れ代金も多くかかるんですよ。その資金が必要だ。ところが、伊丹さんからは、担保がなくても融資できる範囲をとうに超えていると。私も相当粘ったんですが、突っぱねられまして」

伊丹がどんな態度で幸田の話をきいたか、目に見えるようだと舞は思った。幸田はその伊丹相手に、二時間粘った。会社を守るために、幸田なりに必死だったろう。そして、結局、伊丹の考えをあらためさせることはできなかった。それは直後の放心したような表情からもうかがうことができた。

「その資金がなかったらどうなります？」

舞はきいた。

「手形が不渡りになりますから、たぶん倒産でしょうね。取引先は一斉にうちから手をひくでしょうし」

「そんな――」

舞は息をのんだ。「そのことを伊丹は、知っているんですか。知っていて、融資はできないというんですか」

「ええ、もちろん。伊丹さんは、仮にうちが倒産してもそれはしょうがないと、そうおっしゃるんです」

「黒字なのに？」

相馬が目を丸くした。「粉飾じゃないんでしょう」

「相馬調査役！」舞が咎《とが》める。

「当たり前です。だから納得いかないんです。うちが赤字で、どうしようもない状態であれば、融資ができないというのも致し方ないと思います。ですが、そうではない。これから業績がさらに上向くターニング・ポイントにいるのに、足を引っ張るどころか、会社が潰《つぶ》れても構わないだなんて。東京第一銀行の方にいうのもなんですが、ひどすぎます」

まったくだ。舞もまた、幸田の言葉に深くうなずいていた。

4

「確かに、大儲《もう》けしてるってわけじゃないが、融資を見送るほど業績が悪いとも思えないな」

支店に戻ると、テラーの英里子と真美が心配して待っていた。

気分的におさまりがつかない舞とともに、「飲もう」ということで、新宿の街に繰り出したところだ。〝財布〟がわりにつきあわされた相馬は、迷惑そうな顔はしつつも、伏見課長の差配で入手した幸田産業の書きかけの稟議書《りんぎしょ》にさっきから見入っている。

「なんかこいつは気にくわない内容だな。まるで、幸田産業のあら探しでもしてるみたいだ」

「どういうことなんです？」

英里子が稟議書を覗《のぞ》き込んできいた。

「見てみな。弱体企業で将来性は乏しいとか、薄利多売で競合が激しいとか、三年先の見通しも立たないとか、そんなことばっかり書き連ねてる。中小企業ならそんなのは当たり前なのに」

「なんで？　伊丹さんは、幸田産業の融資担当者でしょう。それじゃあ、まるで、幸田さんを潰すための稟議書じゃない」

「それだけじゃないぞ、稟議書の日付、見てみなよ」

相馬にいわれて、三人が覗き込んだ。

そこに記載されているのは、なんと昨日の日付だった。

「さっき幸田さんにきいたんだが、融資の申し込みは一ヵ月以上も前からしているそうだ。その間、伊丹の野郎は稟議を書かないで放置していた。これがどういうことかわかるか」

相馬は以前、敏腕の融資マンだったという話を、舞は思い出した。表情を引き締めた相馬は、舞の知っているぐうたらな銀行員ではなく、ほんの一瞬ではあるが、緊張感あふれる一流バンカーに見える。

「銀行には、断る融資ほど早く対応しろ、という不文律がある。うちがダメでも、他行なら融資を受けられるかもしれない。どうせ断るなら早めに。そうすれば相手に他行に融資を持ち込めるだけの時間的余裕が残るわけよ。だが、伊丹はそうしなかった。これは信義則違反だ」

「ひどい」

ふてぶてしい伊丹の態度には、自らの不手際に対する反省の色は全くなかった。

「相手は中小企業だ。批判しようと思えばいくらでもできるだろう。だけどな、融資マンってのは、取引先企業が抱えるマイナス要因をなんとかカバーしていいところを見つけだし、融資に結びつけようとするもんだ、ところがなんだ、こいつは。

ケチのつけ放題で、挙げ句の果てに〝融資見送り〟って結論じゃ、なんのために一ヵ月も握っていたかわかったもんじゃない」

「そもそも、伊丹さんには、融資マンとしての自覚がないんじゃないかしら」

英里子も相馬に加勢する。「なにしろ、ぼんぼん育ちで一流大学出ときてるでしょ。弱い者の気持ちなんかわからないのよ」

「こいつ、どこの会社に対してもこんな調子でやってるのかな。だとするとあきれた奴だ」

相馬がいったとき、「ちょっと気になることがあるんですけど」と、なにか思いついたらしい真美がいった。

「どうかしたの？」

「伊丹さん、もしかして幸田さんのこと、恨んでるんじゃないかと思って」

「恨む？」

意外な真美の言葉に、舞は眉《まゆ》を上げた。「どういうことかしら」

「実は、新人で入ってきた伊丹さんが営業課に所属していたときのことなんですが、あるとき、幸田さんにこっぴどくやられたことがあったんですよ」

「ほう。面白いな、それはどうして？」

興味を抱いたらしい相馬がきいた。真美は続ける。

「そもそもは、伊丹さんのミスが原因だったんです。幸田さんからの仕入れ代金の振込を依頼されたんですけど、その金額を間違えてしまって、幸田さんの取引先に迷惑をかけてしまったんです」

そのとき──。

金額が間違っていたと窓口で指摘した幸田に対し、伊丹は書類を差し出したのだという。

「これに書いてください。組み戻しますからって」

組み戻す、というのは、振込をした資金を戻すこと。そのためには確かに書類が必要だ。だが、それは顧客都合で組み戻す場合に限る。銀行がミスをした場合は、訂正処理で対応するのが常識だ。

「それで幸田さんが怒ったんです。君は謝らないのかって。書類より前に、謝るのが先だろうって」

「それで、伊丹はどうした?」相馬がきいた。

「私、そのとき隣の窓口にいて見てたんですけど、ふんって鼻で笑ったんです。たかが、五十万円じゃないですかって。そういった途端、ふざけないでくれって、幸田さんが怒鳴って――」

「それを恨んでるって？　逆恨みじゃないの！」舞は怒りも露《あら》わにいった。

「プライド高いから、伊丹さんは。なにせ、御曹司ですから」

英里子も手厳しい。「その伊丹さんが融資課に配属になって、幸田産業さんの担当になった。ここぞとばかりに仕返ししてやろうと思ったんじゃないかしら」

「問題ですよね、相馬調査役」

そういった舞に、相馬は難しい顔をした。難しい顔になった相馬は、腕組みをして考え込んでいる。「調査役！」

「ちょっと待てよ、花咲。俺たちの仕事は営業課の事務臨店だ。融資のことまで口出しするわけにはいかねえんだよ」

「そんなことといってる場合じゃないですよ。このままだと、本当に幸田さんの会社は倒産してしまうわ」

「まあ、とりあえず、明日朝のミーティングで話をしてみるが」

憤懣《ふんまん》やるかたないといった舞に対し、相馬は煮え切らない返事を寄越した。

5

翌朝、副支店長とのミーティングから戻ってきた相馬の顔は冴《さ》えなかった。案の定だ。

「どうでした?」

「まあ、一応話はしてみたが、だめだな、ありゃ」

抱えていた書類をどさりとデスクにおいて相馬は両手を腰に当てる。「恨みだなんだといったところで、証拠がないときた」

「証拠ならあるじゃないですか! あの稟議がなによりの証拠よ」

頭に血が上った舞だったが、「そんなこと、俺の口からいえないだろ」と相馬はこたえる。

「事務臨店がなんで書きかけの稟議書の中味まで知ってんだよ。それいっちゃったら、内緒でコピーしてきてくれた伏見課長に迷惑がかかる」

「そんな——!」

納得できない。舞だけではない、テラーの英里子も真美も、釈然としない表情で頬を膨らませた。

「決済は明日なんですよ。もうなりふり構ってる場合じゃないでしょう。調査役がそんなんなら、私が行ってきます」

歩きかけた舞の腕を慌てて相馬が摑《つか》んだ。

「おい、待てよ。お前が行ったら余計に話がややこしくなるんだよ。やめとけ。もし幸田産業さんが倒産するようなことになれば、新宿支店だって困るはずだ。俺たちがあれこれ口出しすべき問題じゃない。俺たちは事務臨店だぞ、花咲。領分ってものがある。それを守れ。お前が勝手なマネをすれば、次長にまで迷惑がかかるんだぞ。支店の裁量にまかせるんだ」

唇を嚙《か》んだ舞に、相馬はいった。

「これは支店の問題だ。気持ちはわかるが、俺たちがこれ以上口出ししていい問題じゃない」

「じゃあ、幸田さんを見殺しにしろってことですか」

「そうじゃない」

苦しそうに相馬は否定した。「そうじゃないって、花咲。支店の対応を信じろってことさ。いいか、銀行の融資は稟議制だ。それがどういうことかわかるか。ひとりの判断が誤っても、他がそれを正す。そうしてあるべき結論を導きだす。それが稟議制の本質のはずだ。もし、伊丹の判断が間違っていたとしても、課長か、副支店長か、はたまた支店長か。その誰かが訂正するはずだ」

「そのひとたちは、伊丹のことをＶＩＰといったんでしょう。伊丹百貨店の御曹司だというだけで、中味は棚上げしてちやほやしているような連中に、正しい結論を導くことができるんですか。本当に相馬調査役はそれを信じているの？」

もはや相馬はこたえなかった。血が出るほど固く噛んだ唇が震えている。相馬とて悔しいのだ。激しい怒りを我慢しているのだ。それが舞にも伝わった。

言葉を失った舞は、混雑してきたフロアに目をやる。明日までに伊丹が稟議を書き直さない限り、幸田の会社は倒産する。

なんとかならないの？　だが、どれだけ考えても名案はない。相馬のいうように、全ては、支店の裁量にまかせるしかない。それが銀行という組織の、いわば掟《おきて》のようなものだからだ。

6

「幸田産業さんの当座預金、四千七百万円の残高不足です」

英里子が緊張した声で舞に告げた。ちょうど時計の針は午後二時五十分。閉店間際だが、幸田の資金繰りはつかないままだ。

「さっき幸田社長に連絡したんですが、お留守で」

「融資課の稟議はどうなってるの」

舞はきいた。

「伊丹さんも外出で。こちらに連絡してくれるように伝言は残してあるんですが」

「無視してるのよ、あいつ」

隣の窓で話をきいていた真美が、忙しく手を動かしながらきめつけた。「どういう神経してるんだろう」

たまらず舞は、内線電話で課長の羽田に電話をかける。

「幸田産業さんの融資はどうなってますか」

予想外の答えが返ってきた。

「幸田産業？　まだ稟議書も上がってきてないよ」

殺伐とした融資課の雰囲気が電話越しに伝わってくる。羽田の口調は刺々《とげとげ》しい。

「朝から残高不足なんです。このままいくと、不渡りで手形をもどさなければなりません。不渡りでいいんですか」

「なに？」

一瞬羽田は言葉を飲み込んだ。続いて、「決済、今日なのか」という押し殺したような声——。

「ご存じないんですか？」

愕然《がくぜん》とした。羽田は、幸田の決済日が今日だということを知らなかった。伊丹が知らせていないからだ。

「伊丹には連絡したのか」

羽田がきいた。

「当然じゃないですか！　なんで、融資課長のあなたが知らないんです！」

電話の向こうは言葉に詰まったが、「後で連絡する」という言葉とともに一方的に切れた。

銀行の融資は稟議で決まる。

だが、稟議そのものが回付されていない状況では、稟議制そのものも機能しないことになる。

「伊丹さんの携帯にかけてみて」

舞の指摘で、英里子がかけた。「出ません。運転中っていうメッセージで」

「あのバカッ！」

いい放つ。融資課にもう一度連絡したが、羽田とは来客中で話ができない。その間にとうとう時計の針は午後三時を回った。あとがない。幸田産業はいま、崖《がけ》っぷちだ。

「幸田さんとの連絡は？」

「それが、午前中からずっと話し中で――」

英里子がいいかけたとき、「幸田さんから電話です」というパート行員の声に、舞は弾かれたように振り返った。

手近な電話を取った途端、切迫した幸田の声が耳に飛び込んできた。

「何時まで待てますか」

背後に車の騒音が重なっている。外だ。

「四時半までなら、なんとか」

壁の時計を見上げながら舞はいった。「いまどちらですか」

新橋、といったきり、電話は切れた。

茫然と受話器を握りしめる。その表情を英里子と真美、そして伏見が見つめていた。その伏見に舞はいった。

「とにかく、四時半まで待ってもらえませんか」

だが――。

本当に大丈夫なのか？

不足している決済資金は五千万円近い。そんな大金をどうやって用立てるというのか。担保もなにもないのに。

舞は壁にかかっている時計を見上げた。三時七分。あと一時間二十三分。それを超えると、決済できなかった手形は不渡りとして処理しなければならなくなる。いつも差し入れをしてくれる幸田の危機を敏感に感じ取ったか、営業課全体に重たい空気が流れ始めていた。誰もが寡黙になり、ひたすら手を動かす。不機嫌な間合い、加算機を叩《たた》く音、それに計算照合を命じる伏見の声が重なる。窓が閉まり、当日の伝票がものすごいスピードでまとめられながら、一分、また一分。息詰まるような時が消費され、一時間という時間はあっという間に過ぎていった。

約束の午後四時半が目先に迫っている。

だめだったのか……。

心臓の鼓動をききながら、舞は時計の長針がいままさに「6」を指す壁の時計を見上げた。そのとき、切羽詰まったような真美の声が告げた。

「裏口の受付からです。幸田産業さんがいらっしゃってます」

舞よりも早く英里子が立ち上がり、裏口へ駆けた。舞もそれに続いた。真冬だというのに、びっしょりと汗をかいた幸田の姿がそこにあった。肩で息をしている。爛々《らんらん》と輝いているその瞳《ひとみ》には修羅場をくぐり抜けた経営者の気概がにじみ出ていた。

「こ、これで決済してください。五千万円あります」

幸田は震える手で黒革の鞄をあけ、裏口にある受付ノートの載ったテーブルに一千万円の束を五つ載せた。

どこでこの金を？という質問は、舞にはできなかった。

きくまでもなく、わかったからだ。

商工ローン。幸田がそれに手を出したのは、その顔を見ればわかる。そうしてまで、幸田は会社と従業員の生活を守ったのだ。表情にはその決意がにじみ出ている。

「いま決済します。少々お待ちください」

英里子が現金をもって営業室へ駆け戻っていく。

「どうぞ、応接室でお待ちください。お疲れさまでした」

伏見が声をかけたとき、その裏口からひょっこりと入ってきた姿があった。

伊丹である。

その場にいる幸田と舞たちを見たが、伊丹はそのまま素通りしようとした。

「ちょっと待ちなさいよ、君」

舞の鋭い声が飛んだ。伊丹はかまわず階段を上ろうとしている。舞はその伊丹の腕を摑むと、強引に引っ張った。

「なにするんだよ」

三段ほどのぼりかけた階段を転げ落ちそうになった伊丹は、舞を睨み付ける。同じように駆けつけてきた相馬が、「狂咲、よせ!」と止めたがもう遅かった。

「あなた、幸田さんの稟議、どうしたの」

伊丹は自分を見つめている幸田のほうを一瞥《いちべつ》した。

「あんたもわからない人だなあ、だからあ、融資は期待するなっていってるんだよ」

「稟議を出したかってきいてるの。当行は融資を見送る場合も支店長決裁がいる。

そのくらい、君だって知ってるでしょう」

「なに固いことといってるんですか。そんなことといってたらうちらの仕事、回らなく――」

伊丹の頬が鳴り、言葉は途中で途切れた。

「ふざけんじゃないわよ！」

狂咲の怒りが爆発した瞬間だった。「あんたの稟議一つで、一つの会社が倒産し、何人もの従業員が職を失うのよ。住宅ローンを抱え、家族の生活を支えている人たちの幸せな生活が奪われるのよ。それがどういうことか、あんたにはわかってるの？　あんたみたいな勘違いした銀行員がいるから、世の中の人から銀行が誤解されるのよ。目を覚ましなさい！」

伊丹は、張られた頬を抑えたまま、目を見開いて舞を見ていた。目を三角にし、半開きの口からは、言葉にならない音が漏れている。

「く、狂咲。なんてことすんだよ」

傍らで相馬が頭を抱えた。そのとき、騒ぎをききつけた融資課長の羽田が足早に階段を駆け下りてきた。

「まずい――！」

渋い顔になった相馬と対照的に、伊丹はようやく心強い味方を得たとばかりにぱっと顔を輝かせる。甘えたような声を出した。

「か、課長、きいてくださいよ。この人――」

そこから先は声にならなかった。

羽田の拳《こぶし》が伊丹の顔面をとらえたからだ。

「ばか野郎っ！」という声は、支店中に響き渡るほどだ。壁まで吹っ飛んだ伊丹は言葉を失い、信じられないものでも見ている目で羽田を見上げる。

羽田は、そんな伊丹を睨み付けてから、さっと幸田を振り返り、深々と腰を折った。

「お見苦しいところをお見せしました。どうぞ、お許しください。伊丹が大変、申し訳ないことをいたしましてお詫びのしようもありません。融資の件、お許しいただけるのなら、いまからでも当行で支援させていただきたいのですが、よろしいでしょうか。ここではなんですから。どうぞこちらへ――」

応接室へと案内する羽田の後ろ姿を見送りながら、相馬が舞をつついた。

「ほらみろ。こんなアホ御曹司にかき回されるほど、うちはおちぶれちゃいないだろ。腐っても鯛だ」

主任検査官

1

芝崎次長に呼ばれた相馬が、難しい顔をして帰ってきた。

「金融庁の検査が入るらしい」

「いつですか」

舞は顔を上げた。

「たぶん、来週月曜日だ。ま、知らないことになってるから大きな声ではいえないが」

建前は、〝抜き打ち〟検査である。しかし、毎度のことではあるが、金融庁内部にいる様々な情報源から、そろそろ入るぞ、という事前情報は一ヵ月以上前、すでに漏れていた。それがいよいよ来週からというのだから、それなりの追加情報を得たに違いない。

検査の主たる目的は、貸出内容の判断だ。要するに、貸出先が果たして安全か、それともアブナイか。貸出そのものが適切であったかどうか、といったことである。

すでに一ヵ月も前から融資関連部署では連日深夜まで準備作業にかかりっきりに

なっているわけだが、内容はまっとうなものばかりではない。

お上に見られてはまずい書類などは稟議書《りんぎしょ》のファイルから抜き取って隠蔽《いんぺい》し、あるいはコメントを書き換える。場合によっては書類そのものを作成し直す。銀行なら当然のごとくどこでもやっていること——といえばそれまでだが、東京第一銀行でも例外ではない。

「来週の臨店予定はたしか武蔵小杉《むさしこすぎ》だったな」

壁に貼《は》られたスケジュール表を見ながら相馬はいった。火曜日からの三日間が、武蔵小杉支店への臨店予定だ。

「見合わせますか」

「見合わせる？　おい、狂咲、武蔵小杉だぜ。川崎のしょぼい店だぞ」

「しょぼくはないですよ、武蔵小杉は。おじさんが住んでいます」

「しょぼいおじさんだな」

ぎろりと舞に睨まれ、相馬は口をつぐんだ。

金融庁の検査は、いくつかの支店への実調で始まる。東京第一銀行の情報網をもってしても、全三百ヵ店中のどの店に検査が入るかわからないのだが、およそ規模の大きな店と相場は決まっていて、丸の内支店や大手町支店、はたまた新宿支店といった大店ならいざしらず、規模の小さい武蔵小杉支店はまず対象外といってよかった。武蔵小杉は大丈夫だと相馬がタカを括《くく》るのも当然といえば当然だったのだが――。

翌月曜、午前八時に出勤した舞は、到着するなりデスクにかかってきた電話で、相馬の予測が外れたことを知ったのだった。

相馬の出勤は八時半過ぎ。

「相馬調査役、少々面倒なことが――」

顔をこわばらせた舞に、相馬は出勤途中に地下の自販機で買ってきたらしい缶コーヒーを飲みながらどこか不思議そうな目を向ける。

「武蔵小杉支店に、金融庁の検査班が入りました!」

「マジかよ!」

相馬は唖然《あぜん》とした。「なんで、武蔵小杉支店なんかに……」

2

この朝、南田博《みなみだひろし》はいつもと同じ時間に高田馬場《たかたのばば》にある独身寮を出て、山手線渋谷駅で東急東横線に乗り換えた。

勤務先の武蔵小杉まで、急行列車で十四分。朝七時台の電車だが、都心に向かう通勤客とは逆方向だから、車内は空《す》いていて楽だ。ちょうど空いたシートに腰掛けて経済新聞を広げた南田の頭には金融庁検査のことなど全くなかった。いよいよ始まるらしい、という噂《うわさ》をきいたとき、最初に頭に浮かんだのは「これでやっと終わるか」という思いだ。

とかく検査というのは、準備がたいへんなのだ。この土日にも出勤を命じられた。疲労の残る目で新聞の見出しを追いながら、連日深夜残業させられた日々が終わるうれしさがこみ上げてくる。

検査が始まってしまえばあとはもう、南田の出る幕はない。

武蔵小杉駅に着いた。弛緩《しかん》した気分で新聞を丸めてカバンに突っ込んだ南田は、階段を下りて駅前の一等地にある武蔵小杉支店へと横断歩道を渡った。建物の裏手にある行員通用口に回る。その鉄扉の前に、庶務行員の高木作一《たかぎさくいち》がおどおどした態度で立っていた。

「おはようございます。どうしたんすか」

きいた南田に、「入ってるよ」と一言、高木はいった。

いきなりそういわれても意味がわからない。ぽかんとした南田に、「検査だよ」という高木の言葉が重なる。

「金融庁検査が来てるっていってんだよ！」

「まさか！」

接触の悪い電気回路が突然つながったかのように通用口に突進し、二階フロアへの階段をかけのぼる。

見知らぬ男達がいた。十人はいるだろうか。

融資カウンターに面した南田のデスクに、ひとりの検査官が立っていた。三十代後半の、瘦《や》せた男だ。銀行員といっても通りそうな、スーツに白いワイシャツ姿だった。

「鍵、開けてくれますか」

銀行では、帰宅時にデスクは施錠し、鍵は持ち帰るルールになっている。

だが、ほとんどの行員は、翌日忘れるのを恐れて、クリップケースなどの隠し場所に鍵を入れていた。

南田も例外ではない。同じ総合職の二人の後輩が、デスクから離れたところで、心配そうに南田を見ていた。仕方がなかった。南田はデスクのクリップ入れをひっくり返し、その中から鍵を取り出す。

「こんなとこに入れてるの、君」

非難めいた口調だった。

「すみません」と南田。

凍り付いたような視線を後輩に向けられ、南田はごくりと唾《つば》を飲み込む。しょうがねえだろ。

「デスク、開けてください」

鍵穴に差し込む手が震えた。なにかまずいもの入ってなかったよな、通帳とか、現金とか。どちらも、本来デスクの中に保管してはならないものだった。だが、デスクを開けた検査官の目的はそんなものではなかった。真ん中と一番下の引き出しにはいった書類。それをデスクの上に全部並べ、一枚ずつ見ていく。

なにを捜してるんだ？

緊張の高まりのなかで、南田は疑問を抱いた。

「どうだ」

背後から声がかかり、ぐいと力任せに南田を押しのけてくる。どけ、といわんばかりに。いや、そもそも南田など眼中にないといった態度だった。なんだこいつ。

振り返った南田の胸に、じわりと嫌悪感が滲《にじ》む。

陰険な目をした背の低い男だった。南田のデスクに積まれた書類を自分もいくつかつまみあげ、目を通して戻す。そして、「よく探せよ」といい置いて離れていった。

「パソコン、ありますよね」

書類を見終えた検査官は南田にきいた。「出してください」

「カバンの中ですが」

「ちょっといい？」

私物検査だ。憤然とした南田だったが、黙っていた。金融庁の検査が入った場合、直接相手の検査官とやりとりするなという事前の指示が出ていたからだ。黙って指示通りに動き、あとは本部から急行するはずの検査対策チームにまかせる。それが東京第一銀行のやり方である。

そのとき、支店長の牧本敬一郎《まきもとけいいちろう》があたふたと二階フロアに駆け込んできた。

「責任者の方はどなたですか」

手近にいた検査官のひとりに声をかける。

「私だ」

名乗ったのは、先ほどの小男だった。

「主任検査官の青田《あおた》です」

名刺を交換する牧本の表情が明らかに青ざめたように、南田には見えた。

「これからいう融資関係書類を提出していただけますか」

言葉づかいこそ丁寧だが、お上の威光を笠《かさ》に着た横柄な態度だ。

すぐに指示が出て、南田ら係員の手でクレジット・ファイルなどの資料を運び上げる。

本部から検査対策チームが到着したのはそれから四十分後のことであった。三階会議室へ駆け上がっていった男達の背を見送りながら、南田は嫌な予感がした。

3

「どういうことなんです？」

武蔵小杉支店で重大なトラブルが発生したということは、その日の夕方までに事務部臨店チームにももたらされた。

「大きな声ではいえないが――」

相馬は声を潜めた。「隠蔽した資料が発見されちまったらしい」

「隠蔽した資料ですって？」

あきれ、舞は天井を仰いだ。

臭い物にはフタ、外面ばかり気にする腐った銀行体質だ。自分が銀行員であることを差し引いても実に気分が悪い。

「しょうがねえよ。融資の仕事は綺麗事《きれいごと》じゃねえんだ。だからって、そんなもん見つかってみろ。お上からどういわれるかわかったもんじゃない。業務改善命令が出てもいいのか」

「改善命令が出て困るぐらいなら、最初からやらなきゃいいのよ」

「お前は融資を知らないからな」

以前、敏腕融資マンだった相馬は軽蔑《けいべつ》したかのような口を利く。

「調査役だって、その融資畑からオチこぼれた口じゃないですか」

「なんだと」

むっとした相馬だが、ここで舞といい争っても仕方がない。「いまはそんなこといってる場合じゃねえ。とにかく大変なんだ」

「それで？　どうするんですか、明日。臨店予定ですけど」

「それだ」

相馬はいい、きかれてはマズイことでもあるのか、辺りを見回す。「まあこんな事情だから臨店を見合わせようとしたんだが、芝崎次長は行ってくれっていうんだ」

「どうしてですか？」

「実はな――」

相馬はさらに声を潜める。「どうやら密告者がいるらしい」

「密告？」

舞は驚いて目を見開いた。

「しっ。声がでかいんだよ、狂咲」

相馬は怒りすら滲ませた声でいった。「芝崎次長の話では、武蔵小杉支店の倉庫内に隠していた融資書類が見つかっちまったという話だが、そもそも不自然だっていうんだ」

「不自然ってなにがです」

「だからさ、いくら検査官でも、倉庫内部にまで踏み込んで段ボール箱入りの書類を発見したというのはちょっとばかし普通じゃない。事前に、当行内部の誰かから金融庁に隠蔽情報がリークされていたんじゃないかっていうんだよ。考えてみれば、武蔵小杉支店なんてちんけな店に金融庁が入ったこと自体、銀行業界の常識を覆《くつがえ》す大事件なんだし、融資部内でも武蔵小杉支店内に金融庁に内部告発した者がいると見ているらしい」

「それが私たちの臨店とどう関係があるんですか」

疑わしげに、舞はきいた。

「融資部臨店は検査対策で手一杯だ。そこで店内の雰囲気がどうなっているか臨店して検分してもらいたいって話だが——要するに誰が密告したのか探れと、こういうことだ」

「ばっかみたい」

舞は吐き捨てた。「私たちに、内部告発の犯人探しをしろっていうの？　そんなことする以前に、隠蔽しなきゃならないような融資態度をあらためるべきなんじゃないんですか！　私はいやですからね、そんな仕事」

「命令なんだからしょうがねえだろうよ、狂咲。そう怒るな」

「怒りますよ。当たり前でしょう！」

舞は相馬にくってかかった。「犯人捜しだなんて、次元が低すぎます。やられるのならどうぞ、相馬調査役、ひとりで行ってください」

4

武蔵小杉支店は、行員数二十五名の中規模店舗だ。

それがいま、内部告発による隠蔽工作の発覚という、大スキャンダルにまみれ、動揺しているように見える。

「かなりショックを受けてるようだな。難しい仕事になるかもしれない」

「私は最初から嫌だっていったんですからね」

舞がふくれっ面でいったとき、「よお。狂咲じゃないか」と声がかかった。二十代後半のひょろりとした男だ。

「南田さん！」

南田博はかつて舞が代々木支店にいたとき、一緒だった男だった。南田は、舞の横で腕組みしている相馬にも気がついて、「おやまあ、相馬係長もご一緒で。営業課の応援ですか」ときいた。

南田は、相馬と舞が転勤する前に先に転勤していて、二人が事務部で一緒だということを知らないらしい。そういえば南田の転勤先は、武蔵小杉支店だった。

「応援じゃなくて臨店だ。それに係長じゃなくて、調査役だ」

「似たようなものじゃないですか」

そういった南田を、これは好都合とばかりに相馬は一階営業室にある手近なブースに引っ張り込んだ。

「ところでさ、どんな具合なんだよ。内部告発だってんで本部じゃ大騒ぎだ。話、きかせろよ」

南田は表情を曇らせる。

「そんなこといわれたって、特に話すことなんてないっすよ」

「なにいってんだ、融資課の次席さんが知らないはずねえだろ。まさか、犯人、お前じゃないんだろうな」

「違いますよ」

南田は、ぶるぶると両手をふって否定した。「そもそも、見つかった書類入りの段ボール箱隠したの俺なんですよ。なんでもっとうまいところに隠さなかったなんてみんなに責められて、こっちはいい迷惑ですよ、ほんと」

顔をしかめる。

「段ボールの隠し場所を知っている者は、他に誰がいた？」

「なんで相馬調査役がそんなことをきくんですか。臨店って事務指導がメインなんじゃないんですか」

胡散臭《うさんくさ》そうにきいた南田に、俺だって好きできいてるんじゃねえ、ふざけるなと相馬はすごんでみせる。いつもながら、自分より下の者に対しては態度が大きい。

「口止めされてるんですよね」

「いいから話せよ。お前からきいたことは誰にもいわないからさ」

渋々、南田は口を開いた。

「地下倉庫に運んだことは融資課の連中なら全員知ってますよ。手伝ってもらったんですから。他の課の連中だって知っている者もいたでしょうし」

「お前、誰が犯人か心当たりないか」

あからさまな犯人探しにふう、と舞がため息をついたとき、「困るんだよな、お前ら」という声がきこえてきた。

ブースを仕切る胸の高さまでのパーティションから身を乗り出すようにして、一人の男が覗《のぞ》き込んでいた。以前、本部内の打ち合わせで偶然一緒だったこともある男だ。顔と名前は知っている。安城《あんじょう》調査役。たしか融資部企画グループの所属だったはずだ。

安城はゆっくりとパーティションを回り込んでくると、ブースの入り口を塞《ふさ》ぐように立った。怒りの焰《ほのお》をその目に浮かべている。

「事務部の臨店風情《ふぜい》が勝手な真似《まね》をしてもらっては困るな」

高圧的な態度だった。「金融庁検査は当融資部で仕切っている。現場を混乱させるようなことはしないでもらいたい」

「混乱させるだなんて、そんな」

いわゆる本部エリートという人種に対して、相馬はてんで弱い。その相馬を安城は見下した。

「臨店は臨店らしく、おとなしく営業課のおねえちゃんたちを指導してればいいんだ。わかったな」

安城はゆっくりとブースを離れていく。

「なによ、あの態度。偉そうに」

舞がきっとなっていった。「そもそも、書類の隠蔽だなんだって、融資部がだらしないからこんなことになるんだって、いい返してやればいいじゃないですか。もう、ふがいないんだから！」

「仕方ないだろ、あちらさんはこと金融庁検査に限っていうと、絶対的な権限を握っているんだからさ」

「じゃあどうするのよ」

相馬は少し考え、「お前が書類を隠した倉庫ってどこにある？」と南田にきいた。

「いま怒られたばかりなのに、まだやるんですか」

ため息まじりにきいた南田に、「こっちも次長命令があるんでな。そう簡単には引き下がれないんだよ」と相馬は唇をひん曲げる。

とはいえいわゆる板挟みだ。臨店は三日間。今までにない厳しい臨店になりそうな予感を抱きながら、舞は、南田と相馬に続いてブースを出た。

5

そこは支店の地下にある薄暗い個室だった。階段の真下にあるらしく、天井の一部が斜めに低くなっている。

裸電球ひとつきりの狭い空間に、埃《ほこり》をかぶった段ボール箱が押し込めてあった。

「普通なら見つけるのは無理だな」

相馬がいった。同感である。内部告発者による情報がなければ決して発見されなかったに違いない。

「見つからない自信、あったんですけど」

多少悔しそうに南田はいった。

「隠したのは段ボールひと箱か」と相馬。

「ここには、そうです」

南田の言葉に、舞は顔を上げる。

「てことは、他にもあるってこと？」

「ええまあ」

渋い顔で南田はいった。「ここだけの話、実はまだ見つかっていない書類がひと箱ありまして」

「どこに」

「あるところに」

南田は明言を避けた。

「やばい書類か」相馬はまじまじと南田を見つめてきいた。

「かなり。本当は日曜日までに破棄しなきゃならないことになってた書類なんですが、あんまり量が多かったんで。別な箱につめて隠しておいたんです」

「なんで昨日のうちに運び出さないんだよ！」

「できるわけないじゃないですか。最後のひとりが支店の通用口をロックするまで、検査官の目が光ってるんですから、そんなこと無理ですよ」

ふと舞は考え込んだ。

「でも、なんでその書類は見つからなかったのかしら。さっき南田さん、書類の隠し場所は融資課なら全員知っていたっていったよね」

「あるいは、融資課以外に告発者がいたとか。融資課の人間は知っていたが、そいつは知らなかったとか」

するとと南田はちょっと複雑な顔をした。

「いえ、実は、その段ボールは俺ひとりで隠したんですよね。だから、内部告発した人間——誰か知りませんけど、そいつも隠し場所を知らないと思うんです」

「だから助かった、と」

「ええまあ。見つからなくてよかったですよ。いえ、まだ検査が終わったわけではないから、安心はできないんですが」

余程重要な書類なのか、南田は額にべっとりと浮かんだ汗をシャツの腕で拭《ぬぐ》った。

そのとき、頭上の階段を降りてくる足音がして三人とも体を堅くした。

出ようとしたが、遅かった。足音は、倉庫の前にすでに達し、その前を素通りする。地下倉庫は、通路の端にある。わずかに開いたドアの隙間《すきま》から、通路に現れた一人の男の姿が見えた。

行員ではないことは、何かを捜しているようなその態度から察しがつく。背の低い、鋭い目をした男だった。男は、倉庫とは反対側にある小さな部屋へと一旦消えた。息を潜めている舞のところにまで、家捜しするような物音がきこえた。

「何者だ、あれ」

「主任検査官の青田っていうひとですよ」

相馬の質問に、南田が小声でこたえる。

「青田だと？」

「知ってるんですか？」

相馬の目が茶色い裸電球の光の下で光った。視線は青田が消えたあたりへしっかりと向けたまま、低い声でいう。

「おお、知ってるさ。札付きじゃねえか」

「札付きって？」

「はるな銀行が国有化されたきっかけをつくった男だ」

「どうやって」

舞の基本的な質問に相馬は一層声を低くする。

「簡単よ。貸出先の査定を下げればいいんだからな。銀行が示した査定をことごとく否定すれば、その分、貸し倒れに備えて引当金を積まなきゃならなくなる。そんなことになったら、銀行の決算は火だるまだ」

再び通路に青田が姿を現した。ゆっくりとこちらに向かって歩いてくる。右手にあるドアノブに手をかけた。

「あそこは？」

「機械室ですよ。いったい、なにしてるんだろう」

「きっとお前が隠した段ボール箱を探してるんだろうよ」

相馬の言葉に南田がごくりと唾を飲み込む音が舞にもきこえた。

「そんな。まずいっすよ」

最初に見つかった段ボール箱は、隠し場所が悪かったとはいえ南田の責任が問われることはおそらくないだろう。だが、もう一つの段ボール箱の中味は、破棄を指示された書類だ。これを怠ったのは南田の責任であり、露見すれば南田にとっては最悪の結果になる。

青田の姿が機械室へと消えた。

「行くぜ」

そういって相馬が室外へ出たとき、物音をききつけたらしく勢いよくドアが開き、青田が通路へ飛び出してきた。

錐《きり》のような視線が、相馬と舞、そして南田の三人を順番に射た。

「なにをしてる。君は融資課だな。あとの二人は？」

「本部の事務臨店です」

おどおどと相馬がこたえる。「い、一応、店内を見せてもらっていたところでして」

「事務臨店の案内を融資課員がするのかね。どうせ嘘《うそ》をつくのなら、もう少しうまい嘘をついたらどうだ」

ゆっくりとした足取りで近づいてきた青田は、舞と同じか少し低いぐらいの背丈しかない。ぎりぎりと奥歯をこすり合わせるたび頰《ほお》がひくついた。

「世間ではエリートだとか、一流だとかいわれてるらしいが、私にしてみれば、銀行員なんざ嘘つきだ。違うかね」

南田も相馬も返事はしなかった。

「まだ書類があるだろう。どこに隠した」

南田に質問が向けられた。「いまいえば、多少の情状酌量《じょうじょうしゃくりょう》の余地は認めてやろう。だが、後になって不正を見つけたら、ただでは済まさないぞ。業務改善命令も視野に入ると思えよ、君」

これは恫喝《どうかつ》だ、と舞は思った。業務改善命令をちらつかせれば南田がぶるってしまうことは青田も十分承知している。現にいま、青ざめて唇を噛《か》んだ南田の表情はあきらかに迷っていた。

ここでいうべきかどうか。

「おい、どうなんだ」

突如、横柄な口調になって青田はいった。「まだ他にあるのかないのか、どっちなんだよ！」

見えない切っ先を突きつけられ、南田はあきらかに逡巡《しゅんじゅん》している。

まずい。

相馬が顔色を変えて口を挟もうとした。「あ、あのですね……」

「お前は黙ってろ！」

　主任検査官の一喝に相馬は唇を結ぶ。

「あ、ありません」

　それでも小さな声で南田がこたえた。

「でたらめいうんじゃないよ！」

　怒号が通路に響き渡る。「もし出てきたら、お前のことは名指しで報告するからな。銀行員としての将来はないと思えよ。検査官に逆らえばどういうことになるのか、思い知らせてやる。あとで吠《ほ》え面《づら》かくなよ」

　憎々しげにいい、青田は長身の南田を見上げる。

「まるで虎《とら》の威を借る狐《きつね》ですね、青田検査官」

　舞はいった。

「なんだと！」

　ぎりぎりっとそれが布なら絞り上げる音がするような視線が舞に向けられた。

「あなたに一銀行員の将来云々《うんぬん》なんていう資格はないはずです」

「やめろ、狂咲」隣で相馬の嘆願がきこえたが、舞を止めることはできなかった。

「いま、ここでいったことを金融担当大臣の前でもいえるんですか、青田さん。新聞記者の前でいえますか？　どうなんです」

反論はない。ぐっと唇を噛んだ青田は、「あとで後悔するぞ」といい放ち、さっさと階段へ姿を消した。

6

「絶対、ゆるせない。あの青田って奴《やつ》！」

憤然と舞がいった。

新宿駅に近い居酒屋である。相馬と南田の三人でテーブルを囲んでいた。代々木支店時代、よく顔を出していた馴染《なじ》みの店だった。

一時間ほど前のこと――。

「どういうことなんだ！」

安城の怒声が部屋中に響き渡った。武蔵小杉支店二階の応接室である。ドアは開け放たれていたから、その声はフロアにある行員たちにもきこえたはずだ。

「申し訳ありません」

謝ったのは、相馬だ。舞はだまって、怒りに頰を朱にそめている安城を睨み付けている。

青田から、検査態度が悪いと安城に苦情が寄せられたのだ。

検査態度が悪いのは、青田のほうだといってやりたかったがそんな理屈が通用する相手ではない。

激怒した安城から、散々、罵倒《ばとう》された挙げ句、青田の前に引き出されて深々と頭を下げさせられた。悔しさと怒りで目の前が真っ白になったのは久しぶりだ。

「まあ、そう怒るな、狂咲」

冷静になって相馬はいった。

「よく、そんな涼しい顔をしてられますね、相馬調査役」

「相馬さんは、怒られ慣れてるからさ」と南田。

「そんなんじゃねえよ」

相馬はいい、続けた。「なあ南田。お前が隠している段ボール箱って、中味は具体的になんだ」ときいた。

「本部から送られてきた対外厳秘の検査関係通達です」

「通達かよ」

相馬は渋い顔をした。「検査対策が盛り込んである奴だな。たしかに金融庁には見せられない内容ではあるな。それだけか？」

「他には太陽電機の内部資料も一緒に入ってますが」

「太陽電機だと？」

相馬の顔色が変わった。「あそこはいま絶不調だったんじゃなかったかな」

「ええ。いわゆるＩＴ不況あたりから調子が悪くて、前々期は大赤字だったんです。前期は本社ビルを売っぱらった売却益を計上してなんとか最終黒字にもっていきましたが、実態は赤字でして、その……」

「南田さん、担当なの」

舞が鋭くきくと、南田は首をすくめた。「まあね」

「なにかあるの？」

「いや、実はその、どうも粉飾っぽい動きがあって」

「なんだと？」

相馬が体を乗り出した。

「いや、そうと決まったわけじゃないんです。ただ、私が過去五年分の決算を分析したところ、どうも怪しいな、と」

「それをお前、上に報告したんだろうな」

「もちろんですよ。支店長にも報告書は上げています。ただ、具体的な対応策がまだ決まらない状況でして。もし、それが目的なら青田って検査官は、どこかでその報告書のことをききつけたんだと思います」

「太陽電機の債務者区分はなんだ」

「一応、正常先として扱ってますが。一過性の赤字だということで」

「お前、本当のところはどう思ってんだ」

「どうですかねえ」

南田は顔をしかめた。「粉飾の内容次第では、要注意ぐらいにはなってもおかしくないかもしれませんね」

「太陽電機に対する当行の融資額はどのくらいあるんだ？」

「二千億円です。ほとんどは本店営業部が対応していますが、当店のすぐ近くということで、一部与信を分担しているんです」

ふうっと長い息を吐き、相馬は居酒屋の天井を仰いだ。そこには、相馬らが置かれている現状そのままのようにタバコの煙が渦巻いている。

「青田の野郎が狙《ねら》ってるのはたぶんそれだな」

舞は顔を上げ相馬を見た。

「どういうことですか」

「奴の目的はおそらく、南田が作成した太陽電機の資料を発見し、債務者区分を落とすことだ。粉飾ありとなれば、正常先から要注意先へ債務者区分を落とすことぐらい奴ならやるだろう」

「でも、そんなことしてなんの意味があるの」舞はきいた。

「もし、そうなれば当行は引当金を積み増さなきゃならなくなる。二千億円もの巨額融資先ともなると、業績悪化は免れないだろうな。それが奴の楽しみなんだよ。ゆがんだノンキャリの精神構造のなせる業だ」

「まずいです、それは」

南田は青ざめた。「なんとかなりませんかね、相馬調査役」

「それにしても妙だな」

相馬はふと考え込んだ。「実はあの後、支店で何人かの行員に面接してみたんだが、正直なところ、支店の雰囲気は思ったよりよかった。モチベーションも保たれているし、支店長の牧本さんに対する信頼もまずまずといったところだった。そう思わなかったか」

相馬にきかれ、舞もうなずいた。

営業課のテラーの仕事ぶりを観察し、実際に話をきいたが、「いい感じだな」という印象は最初から最後まで崩れはしなかった。そもそも、今回の臨店も、ミスが目立つという理由ではなく、技術向上のために営業課長からの要請があったという話もきいている。そうした前向きな対応ができるのも、支店の雰囲気がいいからだ。

「牧本支店長は、人気があるんですよね」

南田はいった。「本部畑が長い人が支店に出てくると、ちょっとお高くとまってみたりするものなんですが、牧本さんに限っていうと、そんなところが全然ないんです。人柄もいいし、感情まかせに怒ることもない。それに牧本さんになってから、転勤していく人はほとんど栄転なんですよね」

「以前、人事部だったからな、牧本さんは。顔がきくんだろう」

「融資課は職業柄、もっとも支店長に近いところで仕事をしているわけですけど、普通なら出てきそうな不満もまったく出てきてないんです。これは次席として保証しますよ。だから、内部告発だときいたときに、正直なところ違和感があったんですよね」

「実は、俺が妙だなと思ったのも、それに似たことなんだ」

相馬はいった。「内部告発して喜ぶ人間が支店にいないとすれば、いったい誰が得したんだろうなって。つまり、そこまでする動機が理解できないんだよな」

「たしかにそれはそうね」

舞もいった。隠蔽工作が露見したことで、東京第一銀行の立場は悪くなる。支店が本部に睨まれるだけで、見返りと呼べるものは誰も得ることがない。

「得するのは、せいぜい青田ひとりぐらいのもんだ。大銀行の隠蔽工作を見破り、しかも、粉飾の疑いがある大口債権の実態を暴く——こういうのが奴の業績になっていくんだろうからな。どう思うよ、狂咲」

「気に入らない」

舞はいった。「銀行がやってることも気に入らないけど、あの青田って奴はもっと気に入らない。銀行員であることが嫌になる瞬間がたまにあるけど、いまがまさにそう」

「だが、俺達は銀行員だ」

相馬は怖いほど真剣な顔になっていった。

「その通りよ」

舞はふっとため息をもらしていった。

「青田は、太陽電機の粉飾の噂をどこかでききつけている。たぶん内部告発した人間からきいたはずだ。お前、どこに隠した？　その隠し場所を知ってる奴は誰だ？」

「隠し場所は誰も知りませんよ」

南田はいった。「だって、そんなこといえるわけないでしょう。ホントは廃棄するはずの資料なんですよ。怠慢で、捨てるの忘れましたなんていえるわけないっしょ」

「だけど、青田はお前の粉飾レポートの存在を知っている」

「たぶん、最初に見つけた段ボール箱に入っていると思ったんじゃないですか。だけどそこにはなかった。だから、他にも隠蔽された書類があるはずだと考えた——ちがいますかね」

「たぶん、そんなところだろうよ。隠しおおせるか、それとも青田に見つけられるか、それが問題だ」

7

「例の書類の件ですが、やっと見つけましたよ」

電話の向こうから笑いを押し殺したような声が響いてきた。その声を、青田は、赤坂にあるホテルのラウンジできいた。テーブルの向かいには、馴染みの飲み屋の女がかけていて、青田の携帯が鳴り出した途端、自分もそそくさと携帯をとりだしてメールをチェックしている。

「ご苦労だったな。どこにあった？　支店内か」

「ええ。意外な場所でして。見つからないはずですよ」

「どこだ」

やがて青田は、謎解《なぞと》きに成功した悪党よろしくひきつった笑いを浮かべた。

8

「女子ロッカー、ですか」

臨店三日目の朝、青田の言葉に、武蔵小杉支店営業課長、永瀬崇《たかし》が素頓狂《すっとんきょう》な声を上げた。

「そうだ。きこえませんでしたかね」

青田は傲慢《ごうまん》な態度でいい、「女子ロッカーの中味を調べさせてもらいたい」ともう一度いった。

「なんでまた」

という永瀬の反応はもっともだったが、「永瀬君」という支店長の牧本の言葉で黙った。

就業時間前である。遠巻きにするように、営業課の女子行員が全員、集まっていて、不安そうな表情を見せている。

「みんな、これは検査だからな。納得して欲しい」

声を張り上げたのは、融資部の安城だ。有無を言わさぬ口調だった。この男の頭の中には、ただ検査を無事に終わらせることしかないように思える。そのために俺は何でもやるぞという決意のようなものが滲み出て、女子行員たちを黙らせるのだ。

「目的はなんでしょうか。失礼ですが、もう検査三日目ですよ。いまさら女子行員のロッカーまで見られるというのはやりすぎじゃありませんか」

たまりかねてきいたのは、牧本支店長だった。永瀬を黙らせたのはききたいことは自分が代弁するから、という配慮である。

「書類を隠蔽している可能性があるのでね」

「書類を?」牧本の顔色が変わった。その表情に不安がよぎる。

緊張した面もちで相馬が成り行きを見守る横で、舞もまた体を強張《こわば》らせた。

「女子行員のほとんどは営業課ですよ、青田さん」

牧本はやんわりと抗議する。「融資には無関係だと思いますが」

それにはこたえず、青田は行員名簿からひとつの名前を読み上げた。

「島崎圭子さん、いるかな」

目に見えない動揺が走った。

「私ですけど」

手を上げた圭子は、今年入行したばかりの為替《かわせ》係の若手だ。ぽっちゃりした、かわいらしい印象の圭子は、青田の無遠慮な目に見据えられ、首をすくめている。

「ロッカー開けてくれるかな」

凍り付いたようになって圭子は動かなかった。全員の問いかけるような視線を受け、青田は平然という。

「彼女のロッカーだけでいいですから」

彼女だけ？　どういうことだ？　全員の顔に疑問が浮かんだが、舞にはわかっていた。

内部告発者からの情報があったからだ。

いつのまに来たのか、南田が舞の横に立っていて、今にも泣き出しそうな圭子を見ている。

「じゃあ、行こうか」

その圭子を引き立てるようにして、青田はフロアを後にした。そのすぐ背後に、厳しい顔をした安城が足早に続く。相馬と舞もそれを追った。南田も一緒だ。女子行員たちの多くも階段を駆け上がってくる。本来すべき始業準備を命じる者は誰もいなかった。

なにかとんでもないことが起きようとしている。

そんな予感があった。全員の胸に共通した予感だ。

「開けて」

刺々《とげとげ》しい青田の一言がロッカールーム内に響いた。

残酷な儀式だった。

室内では、いま圭子が口元を押さえたところだ。背中が震えているのがわかる。

「早くして」

安城にせかされ、ついに圭子が泣き出した。

「ちょっと、こういうやり方というのは、違うんじゃありませんか。なんで、彼女のロッカーなんです」

牧本の抗議を、青田はどす黒い笑みで受け止めた。

「それはこのロッカーを開ければわかることだ」

「どうして彼女なんですか、ときいているんです」

牧本は引き下がらない。「どうせ開けるのなら、私のものも含めて全員のロッカーを開ければいい。ひとりだけの、しかも女性のロッカーを名指しで調べるというのは、どうにも納得いきません」

「やめろよ、牧本さん」

支店長の肩に手をかけた安城がいう。「これは検査なんだ」

「金融庁検査なら、なにをしてもいいというのか！」

「なんだと？」

青田が、怒りに頬の辺りをひきつらせながら牧本を凄《すご》い剣幕で睨み付けた。

「お前ら支店の行員風情が楯突《たてつ》くつもりか。検査妨害と報告しようか？」

「すみません、青田検査官」

何かいおうとする牧本を押しやり、安城が頭を下げた。そして顔を上げると、泣き出した圭子が握りしめていた鍵を強引に奪おうとした。

「なにするんですか！」

圭子は抵抗した。だが、女の力ではすぐに限界がきた。安城が鍵を取り上げ、

「お騒がせしました」という青田への言葉とともに、ロッカーの鍵穴に差し込む。

ごくり、と南田の喉《のど》がなり、相馬の目が見開かれた。

誰も一言も発することができなかった。

ただ、さび付いた扉が開く音と、圭子のすすり泣きの声がきこえるだけだ。

「どうぞ、青田検査官」

にやついた青田はロッカーの真ん前に立ち、中に手を伸ばす。

その手が最初に取りだしたのはコートだった。キャメルのハーフコート。それを安城に預け、今度はかがみ込んで中にあるバッグをひっぱり出した。

「やめてください！」

圭子の最後の抗議も青田は無視した。いま青田の頭にあるのは、功名心だけだ。ノンキャリとして歩んできた様々な苦労が報われるだけの手柄をここで上げる――

それだけだ。

大型のバッグの留め金をはずし、その中味を漁り始める。

携帯電話、文庫本、手帳、そして最後につまみ上げたのは、黒い小さな下着だ――。誰もがはっと息を飲んだ瞬間だった。わっ、と圭子が泣き出す。

青田の顔面に焦りが滲んだ。

バッグを脇《わき》にどけ、狂ったようにロッカーの中をかき回す。小さなロッカーだ。探すところなど、そうあるわけがない。

青田の見込み違いは誰の目にも明らかだった。

「ちぇっ。なんだよ」

そんな言葉を漏らしたかと思うと、青田は立ち上がった。そしてつぶやく。

「ないじゃないか……」

「いくぞ」

ついてきた検査官の一人にいい、さっさと踵《きびす》を返す。そして入り口に立っている舞の前で立ち止まった。

「失礼、どいてくれるかな」

舞は動かなかった。

「一言ぐらい謝ったらどうなの」

緊張した室内に、凄みを感じさせるほど落ち着いた、舞の声が響いた。

「なんだと？」

「どういうつもりか知らないけど、女子行員のロッカーを覗き込んでおいて、黙って帰るつもり？　金融庁かなにか知らないけど、そんなことをする奴は男として、人間として、最低よ」

「ほう。いいたいのはそれだけか、報告書によく書いておこう。まったく、この銀行は、女子行員のしつけもできてないのか」

「しつけが悪いのはお宅のほうでしょう」

「なんだと」

いまや青田の怒りの矛先《ほこさき》は、舞に向けられたようだった。ぎりぎりと錐《きり》のような視線をねじ込むようにして舞を睨み付けてくる。

「いいのかな、そんなこといって」

猫撫《ねこな》で声が出てきた。「あとで後悔することになるよ、世間知らずのお嬢ちゃんよ」

そして、かっと目を見開いた青田は人が変わったようになった。

「金融庁検査官として警告させてもらう！　いまの君の行為は、銀行検査という我々の目的に対する妨害行為と、うわっ――！」

ぱん、という派手な音とともに、青田の頬が鳴り、言葉は途切れた。

ぱくぱく、と青田の口が動いたが、言葉は出てこない。

全員がピンで止められたように凍り付く。

「く、狂咲――！」

相馬の叫びが耳に挟まったが、もう遅かった。

「いい気になるんじゃないわよ！　あんたみたいな腐った役人が検査しているから、銀行がダメになるのよ」

舞は安城を睨み付けた。「それにあんた、同期の牧本支店長の出世をねたんで、内部情報を漏らすなんて汚い真似、もういい加減やめたらどう」

指さされた安城はぎくりとして舞を見つめるしかない。

「どういうことだ」

牧本支店長がきいた。

「花咲がいった通りですよ。牧本さん」

相馬が傍らから割って入った。「段ボール箱の隠し場所を、検査前日にわざわざ安城調査役は融資課員に電話でヒアリングしていたんです。つまり、この支店以外の人間で、あの段ボール箱の場所を知っていたのは、この安城調査役しかいなかったことになります。その事実が明らかになったとき、誰が情報を流していたかわかったんです。今回はどうやら、間違った情報まで流していたようですがね」

「タダで済むと思うな」

怨嗟《えんさ》を滲ませて青田がいうと、逃げるようにその場から去っていく。

「お前たち、責任とってもらうからな」

捨てぜりふとともに安城がその背を追った。負け犬の遠吠えにしかきこえなかった。

「結局、あの連中の頭の中にあるのは出世欲だけなのかもしれません」

そういった相馬は、そっと圭子のところまで歩いていくと、声をかけた。

「もういいよ。お疲れ」

刹那《せつな》圭子のすすり泣きが止み、それから「ふう」と長い息をついた。そして、今までの泣き顔が嘘のような笑顔が弾《はじ》ける。入り口で様子を窺《うかが》っていた女子行員の間から、わあっと歓声があがった。

「どういうことかね」

唖然《あぜん》とした牧本に、「すみません」と相馬は詫《わ》びた。

「彼女のロッカーに書類が隠してあるっていうのは、意図的に安城調査役に流したデマ情報だったんです。彼女が学生時代演劇部だときいたんで、ちょっと芝居を……」

「よくやるよ、まったく」

あきれた、というようにいった牧本は、どこか悲しげな吐息をついた。

「それにしても、安城がね。以前はそんな奴じゃなかったのに」

「この銀行っていう組織が人を変えてしまうことはよくあることです。あの青田っていう主任検査官も例外ではないのかもしれませんが」

「なるほど」

牧本はいった。「だが、彼らにそうした企《たくら》みがあった以上、我々もそれなりのことをさせてもらう必要があるかもしれないな。降り懸かる火の粉は払わなければならない。ここにいるみんなのためにもね」

〝金融庁主任検査官、職権で女子ロッカー荒らし⁉〟

多少悪意がこもっていると思われるそんな見出しが週刊誌に躍《おど》ったのは翌々週のことであった。実名こそ出てこないが、読めば、青田の脱線した行動が明らかになる記事だ。

その夜、相馬に誘われて東京駅地下にある居酒屋に付き合わされた舞は、週刊誌の見出しに肩をすくめた。

誰でもない、東京第一銀行の組織ぐるみといっていいリークだった。札付きの検査官に手をやいてきた金融界からこぞって「ざまあみろ」と快哉《かいさい》を叫ぶ声がきこえてきそうな記事だ。

一方、この記事内で私怨で情報漏洩《ろうえい》に走ったとされるT銀行のA調査役、つまり安城の、取引先中小企業への出向辞令が間もなく発令されるという。

「ああ、気分がすっとするぜ。なあ、狂咲よ」

浮かれる相馬に、舞は冷ややかな視線を向けた。

「そうかしら。私にはどっちもどっちに思える。青田も安城も、そしてこの銀行という組織も根は同じレベルじゃないの」

「なに、感傷的になってんだよ、狂咲。ところで、あの島崎の黒い下着。お前が考えた演出だったんだってな。あれ、お前のなんだろ。いったいどこでそんなの使うんだ——イテッ！」

にやけた相馬のすねを思い切り蹴《け》り上げた舞は、ふう、とため息ひとつ。そしてさっさと席を立った。

荒磯の子

1

「たいへん申し訳ございませんでした」

真藤毅は深々と腰を折った。

返事はない。返事がないどころか、さっさとエレベーターのドアが閉まったので、まるでそのドアに向かってお辞儀しているようにも見えた。

東京第一銀行七階にある、役員専用フロアだ。

「ちっ」

顔をあげた真藤が、脂《あぶら》の浮いた顔をしかめて鋭く舌を鳴らす。その脇《わき》にいて同じように頭を下げていた企画部の児玉の、お疲れさまでした、という声は、真藤の怒りを推し量ってどこか遠慮がちに抑えられている。

伊丹百貨店のオーナー、伊丹社長が突然訪ねてきたのが三十分前。土地開発に絡むプロジェクトファイナンスの話かと楽しみにしていたのに、口から出てきたのは、思いもかけないクレームだった。伊丹の息子、清一郎が、先日、顔にアザを作って帰ってきたという。

「事情をきけば課長に暴力を振るわれたらしい。それだけじゃない、取引先の前で本部から来た人間にひどく侮辱されたらしく、傷ついてる。銀行に行きたくないといい出す始末だ。せっかく勉強にと思って銀行に入れたのに、これではまるで逆効果だ」

平身低頭の三十分間だった。

「きいていたか」

顔をしかめた児玉は、「はあ……」と口を濁す。それから、新宿支店で起きたという〝騒動〟の一部始終を語ってきかせた。児玉自身が、新宿支店の顔見知りから直接きいたという話だ。

ますます、真藤の顔が怒りで赤らんできた。

「すると、本部の人間というのは——」

「あれです」

「あれか」

あれ——つまり、事務部臨店チームである。

「問題だぞ、これは」

自室に戻りながら強い調子で真藤はいった。

「そもそも、先日の金融庁検査でも、その臨店二人組の行動が問題になったばかりじゃないか」

金融庁の札付き検査官をこっぴどくやっつけた、あれである。

「しかし、あれはあれで、当行としてはうまく利用したわけで……」

睨まれ、児玉はもごもごと言葉を飲み込む。

「で、伊丹社長のご子息の件について、人事部はなんらかの処分を下したのか」

「一応、本人が騒いで人事部に連絡をしたようですので調査はしました」

「それで？」真藤は太い眉《まゆ》を動かした。

「殴ったことについては課長が伊丹本人に謝罪したと。人事部で調査した結果、そもそも、伊丹の仕事ぶりに起因することで、やむなしとの見解のようです。諸般の事情も勘案し、融資課長についてはお咎《とが》めなし。臨店の二人組については、検討の対象にもならなかったようです」

「甘いな、時枝も」

真藤は時枝春一人事部長の名をあげつらう。上級役員への出世コースで最大のライバルである時枝とは、ことごとく主張を違《たが》えてきた。強硬な改革推進を主張する真藤に対し、時枝は保守的な改革路線に固執し、ライバルというより目の上のコブのような存在になりつつある。

「そもそも、臨店二人組の責任者である辛島事務部長が時枝部長と近しいですから、その辺りの根回しがあったものと思われます。先日の金融庁検査での狼藉《ろうぜき》についても、不問に付していましたし……」

「酷《ひど》い話だな。親しければ道理を曲げてもいいというのか」

己の派閥主義は棚にあげ、真藤はいった。

「まったく。たかが臨店のくせに目に余りますな」児玉も口を合わせる。

「癪《しゃく》にさわることよ。こういう連中は徹底的に叩いておくに限るというのに」

そう、それなのに神戸支店の紀本のような〝やぶ蛇〟もありました——そう口にしかかった児玉は、真藤の怒りに油を注ぐことになると察し、「少々、手ぬるかったやもしれません」。

「手ぬるいか。まさにそうだ」

真藤はいった。「児玉。なにかいい案でもあるのか」

きかれた児玉は、とっさにあることを思い出した。

「いい案というか、先日、蒲田《かまた》の須賀《すが》と話しておりましたら、事務部臨店の話になりまして、けしからんと」

「ほう、あの須賀がか」

　須賀住男《すみお》は、なかなかの策略家で知られた男だった。かつて銀行の営業戦略を練る業務企画部にいた頃から、真藤が一目置いていた人物である。銀行の様々な企画を運営し成功させてきた須賀だが、そのやり方は、強引でなりふり構わず、徹頭徹尾、名より実をとるふてぶてしさで知られていた。批判や目標未達を許さず、部下に対して厳しく冷酷なことでも知られている男で、あだ名は頭文字とナチスドイツ親衛隊をかけて〝SS〟だ。

「神戸の紀本とは盟友でしたから、紀本を破滅させた臨店には、たとえ紀本に原因があったにせよ、いい感情を抱いているはずはありません」

「なるほど、なるほど」

　真藤は得心顔でうなずいた。

「そんなのがうちにくれば、徹底的に〝指導〟してやると」

「指導か。こいつはいい」

　真藤は含み笑いになった。「指導をしにいって逆に指導されるとな。さて、どんな指導をしてくれるものやら。おもしろいじゃないか」

「結果はご報告いたします」

児玉は、真藤の前を静かに辞去した。

2

「明日から、蒲田支店だとよ」

お目付役である芝崎次長との打ち合わせからもどってきた相馬は、めんどくさそうにファイルをデスクに放り投げた。「ただし、臨店指導じゃねえ、応援だ」

「応援?」

舞は眉をあげた。事務部臨店グループ、その中でも、とくに問題を抱えた営業拠点に赴き問題解決を図る——それが相馬と舞に課された職務のはずだった。

「なんで応援かってんだろう」

舞の疑問を先回りしていった相馬は、どっかと椅子《いす》の背もたれに体を投げ出し、両手を頭の上で組んだ。

「蒲田の営業課でひとり欠員ができたんだとよ。それはわかる。その欠員を補充するかたちで、後任が決まる二、三日の間だけ応援に来てくれないかと事務部に要請があって——なぜか先方が俺たちを指名してきたってわけよ」

「それだったら、なんで私だけじゃなく、相馬調査役まで呼ばれるんですか」

「なんでも、課長代理もひとり研修で店を空けるって話でな」

「蒲田、ですか」

〝西の船場《せんば》、東の蒲田〟。東京第一銀行で多忙だといわれている店である。産業の集積著しい大田区、その中でも蒲田駅前にあるこの店は、製造業がひしめく京浜工業地帯の中心にある。

製造業といってもほとんどは大手の下請けだ。大田区の中小企業がその持てる技術を結集すればロケットすらも作れる――そういわれるほどの地域だが、現状はバブル崩壊後の爪痕《つめあと》も深く、企業とみれば赤字と思えというほどの不況地域だ。

「そんな場所にある店だ、商売は厳しいぜ。ついでにいうと、取引先は中小企業ばかりじゃない。根無し草のサービス業もあれば商店もある。ちょっと怪しげな店があるかと思えば、まっとうな個人もある。業種と人種の坩堝《るつぼ》、営業課の一人当たりの事務量は日本一。まさに〝地獄の蒲田〟といわれる所以《ゆえん》だ。生き馬の目を抜く殺伐とした店だぜ。やっぱりこいつはどうも嫌な予感がしてきた」

「どういうことです？」

相馬は、安っぽいネクタイをゆるめ、難しい顔をしてみせた。

「いや、ちょっと芝崎次長からきいた話なんだが、蒲田支店への応援が決まったかと、企画部の児玉次長がきいてきたらしい。お前は知らないと思うが、児玉さんは真藤企画部長の側近といわれている男でね。その真藤さんだが、我々のレポートに偉くご立腹という噂だ。自由が丘支店への臨店後に書き上げたあれだ。要するに、コスト削減を強引に押し進める真藤流に逆らってきたと映ったらしい」

「その通りじゃないですか」

舞はあっさりという。「だいたい、コスト削減のために、行員をモノかなにかと間違えているようなやり方でうまくいくはずありません」

「おい、声がでかいんだよ、花咲」

相馬は、しっ、と口の前で指を一本立てた。平然としている舞は、気弱な相馬の態度に冷ややかな一瞥《いちべつ》をくれる。

「要するに、今回の臨店の裏には、真藤部長の意図が働いている可能性があると」

「その蒲田の支店長ってのは児玉次長と親しい。ついでにいうと、あの神戸支店の紀本って副支店長とは昔、どっかの部署でコンビを組んでいた間柄らしいぜ」

「紀本っていうと、あの、懲戒免職男ですか。ひょっとしてみんなグル？」

「グルっちゅうか、押しも押されもせぬ真藤派閥ってところじゃねえか。つまりは俺達の敵。俺とお前は、あちらさんの敵ってことよ」

「女に騙《だま》されて悪事を働くような連中の集まりが幅を利かせているようじゃ当行も終わりね」

舞は嘲笑《ちょうしょう》したが、相馬のほうは必死だった。

「お前は蒲田支店長のことを知らないから悠長に構えていられるんだよ。名前は須賀住男。ニックネームは〝SS〟ときた」

ばかばかしい。舞はクビをすくめた。

「それはまた随分小さなサイズですこと。私、小男には興味がないのよね」

3

実際の須賀は、小男どころか、百八十をゆうに超える上背のがっしりした男だった。それがいま椅子の背もたれに深々とかけて、デスクの前に立っている相馬と舞を見る、というかまるで何かの恨みでもあるかのように、睨み付けている。

なかなかの威圧感だ。前に立った途端、相馬は萎縮《いしゅく》し、「せ、精一杯やらせていただきますのでよろしくお願いします」とすでにびびっている。

「精一杯やる？　そういうのはいつも手抜きしてる奴《やつ》のいうことだ」

須賀はいった。叱《しか》りつけるようないい方である。

舞はぐっと顎《あご》をひいた。気にくわない男だった。応援を頼んでおいて、そのいい草はない。すまないがよろしく頼む、ぐらいのことはいいなさいよと、内心憤慨する。

そう思ってしまうと黙っていられないいつもの癖《くせ》で、「いつも通り、精一杯やらせていただくという意味です。勝手な解釈をしないでください」とぴしゃり。「なに」と睨まれて、のっけから雲行きは怪しくなってきた。

「いつまでそんなご託を並べていられるかな。不測の人材不足でやむを得ず事務部臨店に応援を頼むことになったが、正直、君たちでつとまるかどうか」

「どういうことでしょうか」

舞はきっとなった。

「教科書通り教えるのはお上手かもしれないが、この店は甘ちゃんでもつとまるほど緩くない。蒲田支店の店頭はまさに地獄の一丁目だ。善意の来店客ばかりじゃない。隙《すき》を見せれば突いてくる。銀行のアラを探し、難癖を付ける。処理が遅れればなりふり構わず店頭で大声を上げ、場合によっては損害賠償だと脅しをかけるものだっている。来店客の中には、そんな一筋縄ではいかない連中が大勢いて、テラーの一挙手一投足を虎視眈々《こしたんたん》と狙《ねら》っているんだ」

「じゃあ、どうして私たちをご指名されたんでしょう。須賀支店長のお眼鏡に適《かな》うベテランのテラーをお呼びになったらよかったのに」

そういった舞に、須賀はふんと鼻息を洩《も》らした。

「断っておくが、好きで指名したわけじゃない。テラーがひとり急に辞めたんで補充を頼んだんだが、他店から優秀な人材をひっぱってくるにしても時間がかかる。だから事務部の臨店に頼んだだけのことだ」

椅子の背もたれにふんぞり返っていた須賀は、小馬鹿にしたような目を相馬と舞に向けた。

「もう一度いうが蒲田は難しい店だ。教官ヅラの事務部臨店にどれだけ実力があるのか、じっくりと見せてもらうか。せいぜい、足を引っ張らないようがんばってくれ」

舞が反論しようとしたとき、係員が近づいてきた。ミーティングの準備ができたと告げにきたのだ。背後の支店長室に、険しい顔をしたおそらくは融資課員と思われる行員たちが集まっている。どの顔もストレスの塊のように見える。この支店長後の支店長室へ消えた。

「まあ、せいぜい泣きべそをかかないように」

憎まれ口をひとつ追加すると、須賀は席を立って外回りの行員が集まっている背

の下では相当プレッシャーがきついに違いない。

「なによ、あの態度！」

一階への階段を下りながら舞は、怒りをぶちまけた。「だいたい、応援を頼んでおいて、ああいういい方はないと思います。いいたい放題いわれながらいい返さないなんて、相馬調査役もしっかりしてください」

「しょうがねえだろ。向こうは、一応支店長様なんだからよ。まあ、須賀さんがいうように蒲田がかなりヤバい店だってことは事実なんだし、最初に、がつんと脅しつけてやろうとでも思ったんだろうよ。そのために俺達を呼んだのかもな。ほんと、そんな気がしてきたぜ」

「くっだらない」

舞はさっさと相馬を追い抜いて一階へ下りると、営業課のドアを勢いよく開けた。

営業課長の門脇欽次《かどわききんじ》は、ニキビ面をした昔の少年がそのまま歳を取ったような面立ちをしていた。支店長の須賀が〝SS〟なら、こっちは二等兵だ。軍人らしく、目つきは鋭く、にこりともしない男だった。

「君たちが応援部隊か。まあよろしく頼む」

デスクの向こうで立ち上がった門脇は、さっさと二人を為替《かわせ》担当の係まで連れていき、簡単に紹介した。

「よろしくお願いします、と頭を下げたのは、川井妙子《かわいたえこ》という女子行員がひとりだ。舞より十も先輩になる妙子は、入行以来蒲田支店で勤め上げているベテラン行員だった。

「研修中の課長代理の席に相馬調査役には入ってもらう。花咲さんは、窓口を頼む。川井は、後方に回ってたまっている事務仕事を片づけてくれ」

「大変な事務量の割に、行員は少ないですね」

と相馬が感想を洩らした。

「なんだ、もう泣き言か」

「いえ、そんなことは。ただ私は――」

「もういい」

相馬を制して、門脇は舞に向き合った。

「かなり忙しいから覚悟しておいてくれ。実戦を離れているようだから厳しい仕事になると思うが、泣いても代わりはいないからそのつもりで。客の中には、優等生の事務臨店ではちょっと荷が重い相手もあると思うが、そのときには呼んでくれ。君たちでは無理だと思うからな。悪意の客を相手にするには、本当の実力がないと。わかるな相馬調査役」

「はあ。まあ」

舞に睨まれ、相馬は首をすくませる。代わりに舞が反論しようとしたとき、くるりと門脇は体を反転させた。

「朝礼！」

営業課は全部で十七人。全員が手をとめて集まってくる。明るさはどこにもなかった。雰囲気は重く、どの表情にも疲労の色がありありと見える。

地獄の一丁目――。

須賀のセリフがふと舞の脳裏に蘇《よみがえ》った。

4

「どうだ、臨店の奴らは」

須賀からの内線電話は、直接門脇のデスクにかかってきた。

「支店長がおっしゃるからどんな奴らかと思いましたが、まだ若いテラーとぼうっとした調査役じゃないですか。いまのところなんとかやっているようですが、うちの為替なら一日で音を上げるでしょう」

為替係——おもに他口座への振込や税金の支払いといった業務を行う係は、営業課の中でも一番の激務といわれる。シャッターが開いている時間帯、つまり開店時間内は常に何十人もの待ち人数が出るため、精神的にも肉体的にも過酷な労働になる。

従ってどこの店でも、為替の窓口はベテランが取り仕切り、最も仕事が速く、正確な行員の独壇場になる。ましてや蒲田支店ともなると、その仕事のきつさとプレッシャーは半端ではない。

「情け容赦《ようしゃ》するな」

須賀は厳命した。「いいか、どしどし仕事をやらせるんだ。あの花咲とかいう小娘が泣き出して許してくれと嘆願するまで手を緩めるな。仕事ができるまでは帰らせるなよ」

「わかりました。仕事はたっぷりとありますから、ご安心ください。それに、クセのある客も」

「おもしろいな。奴らにはさぞかし荷が重いだろう」

「半端な対応をしてトラブルにでもなればこちらのもの。臨店失格の烙印《らくいん》はアッという間でしょう」

待合いロビーで待っていた男のひとりがふらりと立ち上がったのを見て、門脇は、「ほら、来ましたよ。では後ほど」と受話器を置いた。

「いつまで待たせるんだよ！」

ロビー中に響き渡るほどの怒鳴り声がしたのはその直後のことだった。

男のどなり声に舞ははっと顔を上げた。それと同時に、どん、と拳《こぶし》がカウンターに叩きつけられる。

四十代半ばの男だった。スーツ姿ではないし、ジャケットにセーターという出で立ちからすると、近隣の商店主といった風貌《ふうぼう》だ。大柄な男がカウンターから乗り出すようにして怒りで青ざめた顔を舞に突きつけた。

「さっきからどれだけ待ってると思ってるんだよ！」

舞は笑みを浮かべた。

「たいへん申し訳ございません、お客様。ただいま急ぎ処理をしておりますのでもう少々お待ちください」

落ち着き払った対応だ。だが、そのカウンターに、男は持っていた書類を叩きつけた。

舞の背後で椅子が鳴った。心配した相馬が出ようとしている。それを手で制した。舞は穏やかな目を男に向けたまま離さなかった。

「俺の用事は、振込がたった一件だけなんだ。待ってられるかよ。先に処理してくれ」

有無をいわせぬ口調である。

「順番にお呼びしますので、おかけになってお待ちください」

「待ってられないってんじゃねえか！」

「他のお客様の迷惑になります。申し訳ありません。これだけのお客様がお待ちになっています。急いで処理してますので、どうぞお待ちくださいませんか」

舞の真摯《しんし》な嘆願に、男は刹那《せつな》目を丸くし、そして、「しょうがねえな」といってすごすごと席に戻っていく。どうなることかと見守る客や行員たちの間にも安堵《あんど》の表情が広がった。

「さすがだな、狂咲」

背後から相馬のつぶやきがきこえた。

そんなことが、午前中だけで二件あった。

「それにしても忙しい店だなあ。大丈夫か、花咲。変な客が多いみたいだが」

「どうってことない」

妙子と交代で食事にあがった。一緒にあがった相馬にきかれ、舞は涼しい顔でいう。

「窓口で怒鳴ったからといって悪気があるわけじゃない。ああいう人って、話してみると意外にいいひとだったりするのよ。ただ、ちょっと気が短いだけよ」

「そうか。まあ、そんなふうに考えてるんなら大丈夫だろう。悪い客もいれば、いい客もいるだろうさ」

「客によって差別はしません」

舞の言葉に相馬ははっとなった。「私はテラー。さっきのお客さんがよくなかったのは、怒鳴ったことじゃない。順番というルールを破ろうとしたことよ。そのルールを守って一生懸命やっていることをわかってもらえば、お客さんは納得して待ってくれる。だけど、そのルールを一旦崩したら、たちまちお客さんの我慢は限界に来るでしょうね。そのために大事なことは、お客さんと公平に接することじゃないかしら」

「お前のそういうところが客にウケるんだろうな」

代々木支店時代、舞は人気の花形テラーだった。番号札を二枚ひいてでも舞に仕事を頼む客がいたほどだ。

「この店、楽しいよ、私は」

舞はいった。「私はずっと現場でテラーをやってきた。事務部臨店として大勢のテラーからセレクションしてくれたかもしれないけど、やっぱり接客業が好きなんだと思う。ここに来る前はそう思わなかったけど、実際にやってみると忘れていた何かを思い出させてくれる。そんな気がするのよ」

「狂咲、お前……」

なにかいいかけた相馬を制して、舞は休憩室のソファから腰を上げた。まだ十分も休んでいない。

「さてと、私、先にいきます。川井さんと早く交替しなきゃ。あの人はあの人で山のような仕事を抱えてるみたいだから」

5

だが、そんな舞の信条に反する出来事が起きたのは、午後二時を過ぎ、忙しさもピークを迎えようとしたときだった。

電光掲示が点滅を始めている。

待ち人数が五十人を超えたのだ。それまでデスクワークをしていた妙子も窓口に出て、蒲田支店の為替は二つの窓を同時に開けるフル稼働の状態になった。

そんなとき――。

「私の順番はまだでしょうか」

手に番号札を持ちながらそうきいてきたのは、スーツ姿の上品な顔だちの男だった。金回りがいいのは、まとっている雰囲気でわかる。

舞はすばやく、男が持っていた番号札に目をやる。そして、「あらっ」と思った。

まだ四十番ほど先だ。

いかにも長く待っているような口調だが、この男性はまだ五分も待っていない。

舞は少し腹が立った。男の態度には、嘘《うそ》が混じっている。

温厚そうな面立ち、金の匂《にお》いをぷんぷんさせた、おそらくは近隣の中小企業経営者といった雰囲気の男だ。だが、男は、そのソフトな雰囲気とは反対のことをいった。

「まだかな。急いでいるので、先に処理してもらえるとうれしいんだけど」

舞は男の顔をまっすぐに見る。

うん？　と顔を傾け、不思議そうな表情をしてみせたのはちょっとキザ。それだけじゃない。カウンターの内側にいる舞のところにまでオーデコロンの甘い香りが漂ってきた。

「申し訳ございません。みなさんに順番でお待ちいただいていますのでご協力お願いします。それとも、ご融資のお取引をいただいてますでしょうか」

融資の取引先であれば、一見客《いちげん》と同じように窓口で待たなくても、融資課の担当に処理をまかせればいい。

だが、男は首を横にふった。

「いや、融資はまだなんだ。最近預金の取引を始めたばかりなんでね」

まだ、というからには、これからその可能性があるということだろうか。

「そうですか。それではもう少々お待ちください」

男は落胆したような表情を見せる。だが、そのとき背後から声がかかった。

「武内様！」

門脇課長だ。「いやあ、どうも！　いつもお世話になっています。今日はどんなご用件ですか」

「ちょっと振込を何件か。急いでいるので先に頼もうとしたんだが、断られまして」

「そうでしたか。おい、君」

門脇は舞に小声でいった。「ちょっと、これ処理してくれ」

「順番が来てからでいいですか」

そういった舞に、門脇は目を三角にした。

「今だよ、今」

ロビーで待つ客たちは手持ちぶさただ。門脇と、この武内とのやりとりに大勢の視線が集まり、思わぬ〝順番抜かし〟に眉を顰《ひそ》めている。

「困ります。他のお客様はお待ちいただいているのに」

「なんだと」

今度怒鳴ったのは、客ではなく、門脇のほうだった。「いわれたとおりに早く処理しなさい！　さっきから見てたが、だいたい君はぐずなんだよ！」

6

閉店後、舞は支店のデスクにいて書類と向き合っていた。

心はささくれ立ち、どうしようもない怒りが渦巻いていた。

「よお、花咲。そう怒るな」

おずおずと相馬が声をかける。その様子を同じ為替係の妙子が申し訳なさそうに見つめていた。

「すみません、花咲さん。課長が失礼なことをいって」

「やめてください。川井さんが謝ることないのに」

そういった舞の前には、今日中に処理しろと門脇から命じられた仕事が山積みになっていた。大半が整理仕事だが、中には、数字をまとめたりする時間のかかるものも混じっている。

当の門脇は、三階の会議室で行われている経営会議に出席していていまは留守だ。

「まあ、相手が武内さんだったんで、課長もかっとなってしまったんだと思います。いい方なんで」

「まあ、時間がないってことは誰にもあるからな」と相馬。

「どういう方ですか、武内さんって」

舞はきいた。

「青山で会社をやっていらっしゃる方なんです。最近、自宅をこの近くに新しく買われて引っ越して来られたということで。子供会の幹事役をやっていたり、とてもいい方なんです。蒲田っていろいろな人が来るでしょう。武内さんの顔見ると正直ほっとするというか……」

「子供会か。子供好きには悪い人はいないっていいますよね」

舞はため息をひとつ、つく。

「〝荒磯《あらいそ》の子〟、だったかな。子供会にそんな名前をつけて、休みになると海に連れていっていろんなことを教えてあげるんだそうです。なんでもダイバーのインストラクター資格を持っているんですって」

憧《あこが》れの人の噂《うわさ》をするときのように、妙子は両手を胸の前で合わせた。心なし、頬《ほお》を紅潮させている。

「くそ、ダイビングかよ。世の中不公平だねえ。俺なんか、一生銀行という鳥かごの中で働きつづけなきゃならないっていうのに。どうしたよ、花咲」

ふと顔を上げ、ぼんやりした表情になった舞にきく。

「いえ、別に……」

なにかがひっかかるのだが、それは形になる前に脳細胞の海の中へと消えた。

「まあいい人なのはわかったが、融資先の社長でもないし、それほど特別扱いするほどのものかね。いずれにしても、門脇課長のいいざまはひどい」

「これから取引が広がる方だという認識ですから、課長の応対が多少大げさでも仕方がない部分はあるんです。なにせ、投資信託のキャンペーンで支店の目標が苦しいときに二千万円もやってくれたものですから」

妙子は、武内に好意的だ。

「恩人ってわけだ。だったら、振込なんぞわざわざ店頭にもってくることないのにな。最初から門脇さんを呼べばいいんだ」

「そこがあの方のいいところですよ、相馬さん！」

門脇だけでなく、妙子の惚《ほ》れ込みようも半端ではなかった。

「しかし――」

相馬が疑問を口にする。「取引が広がるっていっても、青山に会社があるのなら、そっちでつきあってる銀行もあるんじゃないのか。メーンバンクはどこなんだい」

「たしか、白水銀行だときいています。近い将来、会社もこちらへ移転するという計画がすでにお有りのようで、今日はそろそろウチで当座預金口座を開こうかという話になったようです」

急いでいるといったのに、あの後、武内は応接室に案内されて小一時間も門脇と雑談して帰った。そろそろ本格的な取引の準備をしたいという申し出だったのだろう。

妙子は手放しの歓迎ぶりだが、舞は浮かない顔で押し黙る。なぜ、といわれてもうまく理由を説明することができない。もどかしさばかりが募った。

7

「どうも気に入らないわ。あの武内って男」

舞はぼやいた。

午後十時過ぎ、蒲田から帰宅する途中、新宿まできて相馬の誘いで居酒屋に入った。

「まあ、いいじゃねえか。お前がぐたぐたいわなくてもさ。蒲田支店で気に入ってるんだから」

「蒲田支店だろうがなんだろうが、当行の取引先になることは間違いないんですよ、相馬調査役」

「まあそれはそうだけどさ」

相馬はいい、生ビールのジョッキをぐいと傾ける。「なにがそんなに気になる?」

「うまくいえないんです。頭のどこかにひっかかってることがあるんだけど、逃がしてしまって……」

舞は顔をしかめる。「ただ、あの武内って人には嘘がある。それだけは間違いないわ。私ならあんなに信用しない」

「門脇課長がぞっこんだから、それが気にくわないんじゃねえか」

舞に睨まれ、相馬は黙った。

支店長の須賀、そして門脇。悪意としか思えない仕事の押しつけを耐えた一日だった。再び、門脇の仕打ちを思い出して、舞は表情を曇らせる。

「私のこと、〝ぐず〟っていったわ、あの課長」

舞はいつになく真剣な眼差《まなざ》しになった。目には静かな怒りがたぎっている。一見、静かでありながら激しいその表情に、相馬はおののいた。

「おいおい。誰も、お前のことをぐずだなんて思っちゃいねえよ。今日だってそうだ。お前の仕事っぷりを見れば、悪いがあの川井さんってベテラン行員よりも数段、上だってことはわかる。悔しかったのさ。負け惜しみみたいなもんだと思っていればいい」

「いったい、私たちって何をしているのかしら」

舞は自問する。「困っている支店の応援であればそれはそれでいい。だけど、本当はそうじゃない。ただ、潰《つぶ》されに行っているだけ。つまりは罠《わな》に塡《はま》りに——」

「よせよ、狂咲。今日のお前はおかしいぜ。そんなことでしおれるなんざ、お前らしくないぜ」

「しおれてないよ。ただ、たまに銀行という組織に、こういう無力感というか、殺伐としたものを感じるときがあるのよ。結局、ここには人を動かし、ときに狂わせるいくつかの物差しが同時に存在してる。銀行の利益という物差し、そして派閥や個人的な私利私欲という物差し、だけど私たち個人が幸せになれるか、本当にやりたい仕事ができるかという物差しはいつだって後回し」

ふう、と舞は大きな吐息をついた。

「あのレポートが気にくわないのはわかる。ならば、面と向かってはっきりといえばいいと思いませんか。ところが、真藤部長にせよ、児玉次長にせよ、そして須賀支店長にせよ、そうはしない。その理由はひとつ。ただ腹が立つというだけで、私たちが書いたレポートの中味に反論できないから。違いますか」

ぐっと唇を噛《か》んだ相馬は、「まあな」と押し黙った。

「要するにただ気に入らないだけ。だから、こんなやり方で私たちを潰そうとする。卑劣よ」

「だから？」

相馬はきいた。「だからどうするよ、狂咲。逃げだすつもりじゃねえだろう」

ふいに舞はにっこり笑った。相馬はぞっとする。こいつまたやりやがる――そんな予感めいたものが脳天まで突き上げたからだ。

「売られた喧嘩《けんか》でしょ。買うしかないんじゃないですか？」

「ほうほうの体《てい》で逃げ帰っていったか？」

同じ頃、蒲田駅に近い居酒屋で、二人の男がテーブルを挟んでいた。

「だいぶ、参ったはずです。店頭で怒鳴りつけてやったときの花咲の顔をお見せしたかったですよ。ただ――」

ふいに言葉を切った門脇に、なんだ、と須賀は目で問う。「あの花咲、さすが、かなりの腕です」

「ふん。一応、若いクセにおこがましくも臨店指導の立場なんだから一般的な水準よりは上だろうよ。だが当店の川井にはさすがにほど遠いだろう。なあ」

相づちを求められたものの、門脇は思わず口ごもった。

「い、いいえ、支店長。川井なんてもんじゃないです、あの花咲というテラーの実力は」

門脇は続ける。「支店長のご命令通り、午後二時前までは川井を後方に下げて花咲ひとりで為替の窓口に座らせましたし、その後にもかなり面倒な書類仕事も命じたつもりです。あの激務ですよ。普通ならとうに音を上げているに違いないところなんですが、音を上げるどころかその、楽々とこなしていまして……これはちょっとやそっとの実力ではないなと」

「馬鹿な」

須賀は吐き捨て、門脇を睨み付けた。「若いだろうから多少、手は早いだろう。だが、それだけのことだ。決まり切った事務ならだれでもできる。考え、判断しなくて済むからな。問題は判断力が問われる事態が起きたときだ。あの花咲にそれだけの能力が果たしてあるかな……」

8

「昨日はどうも」

番号札と伝票をカルトンに入れ、武内はにっこりと微笑《ほほえ》んだ。黒のセーターをキャメルのジャケットに合わせている。

午前十時を回ったところだ。昨日は決済日が集中する二十日。それに比べると今日はまだ来店客の数もそれほどではない。

「ええと、門脇さんにこれを渡してもらいたいんですけど」

マニラ封筒に入った書類をカウンター越しに滑らせ、いい添えた。「昨日、課長さんからいわれた書類ですのでよろしく」

「少々お待ちください」

立ち上がりかけた舞だが、それより前に「いやあ、もう揃《そろ》えていただいたんですか」という門脇の声がした。

「どうぞ、こちらへ」

応接室へ通す。まもなく、連絡を受けたらしい須賀も現れ、足早に入っていった。かと思うと、ほどなくしてドアが開き、門脇が顔を出す。

「おい、伝票の処理はどうなった。持ってきてくれ」

舞に向けられた言葉だ。やむなく、処理を中断して伝票を運んだ応接室で、支店長の須賀は揉《も》み手で武内の話に相づちを打っていた。舞のことなど無視して一瞥もくれない。代わりに、「遅いじゃないか」という門脇の叱責《しっせき》が飛んでくる。フォローしたのは当の武内だ。

「いいんですよ。帰りに窓口に寄っていただいていこうと思っていたんだから。ねえ、花咲さん、だったかな」

武内は、舞の苗字《みょうじ》を覚えていた。なるほど、と思う。この心配りが、妙子をはじめ殺伐とした蒲田支店の女子行員たちを虜《とりこ》にするのだろう。

舞は硬い会釈で応じた。辞去しようとした舞を呼び止めたのは、支店長の須賀だ。

「ああ、君。武内さんの会社の当座預金開設のための稟議《りんぎ》を準備してくれるか。これがその書類」

先ほどの封筒を突きつけられる。

「稟議は今日中にあげてくれよ。武内さんの気が変わらないうちにな」

須賀の苦しいジョークに、武内と門脇があわせて笑い声をたてた。

「へえ。健康食品の会社なのか」

相馬が意外そうにいった。

「らしいですね。それにしては、どこか不健康な印象の人だけど」

舞は気乗りしない様子でいい、書きかけの稟議書から顔をあげ、天井を仰ぐ。

「なんだよ、花咲。そんな稟議、さっさと書いちまえ。お前がそこでどうこういう問題じゃないんだろう。支店長命令なんだからさ」

「当行は稟議制だって、いつか偉そうなことをいったの、相馬調査役だと思いますけど」

「そりゃま、そうだけど」

閉店後、一時間が過ぎていた。

舞の隣の椅子をひいた相馬は、「まだ気にしてるのかよ」と小声できく。

「どうも、あの武内って社長さんが信用できない気がするんです」

「根拠あるのか」

相馬にきかれ、「嘘ついた、昨日」と舞はこたえる。

「それはゆうべきいた。そんなの嘘っていうよか、方便みたいなもんじゃねえか」

「まあ、大したことではないと思う。だけど、あの善人面が許せないっていうか、どうせなら、窓口で怒鳴り散らしてくれたほうがまだしっくりくる」

「おい、花咲」

相馬はあきれた口調でいった。「お前、直感で人を判断するところがあるだろ。そういうの、やめたほうがいいぜ。世の中にはいろんな人がいるんだからな。お前だって、見かけと中味が違う、その最たる人間じゃねえか」

「どういう意味ですか」

むっとした舞に、相馬は自分で考えろ、とそっぽを向いた。

「当店の将来を担う親密先に成長する会社、と書きゃいいんだよ」

実は先ほど、稟議書を広げていた舞のところへきて門脇も同じことをつぶやいていった。

そんな保証がどこにある、と思う。

手元には、アウトプットされた武内との取引概要が用意されていた。定期預金が五百万円と、投資信託が二千万円。普通預金は武内本人のものがひとつ。子供会用に開設したものがひとつ。会社経営者の金融資産としてはこんなものか。いや、主力の白水銀行にもそれなりの資産を預けているだろうから、きっと武内はかなりの金持ちなのだろう。

それにも増して、須賀や門脇がご執心なのは、武内が社長を務める健康食品の会社が年商二十億円の成長株だからだ。

手元には、その会社の資料も入っていた。

創業三年で急成長した「武内健康堂」は、五年以内の株式公開を目指すとある。同社から提出された経営計画書の記述だ。この勢いなら、それも夢ではないだろう。

ぱらぱらとさまざまな資料を手にとって眺めていた舞は、ふと、「口座残高表」で動きを止めた。

荒磯の子。

武内が旗振りをしているという子供会の通帳だった。

残高は、二百八十万円。

その金額を目にした途端、舞の記憶の奥底に沈んでいたなにかがうごめいた気がした。

子供会にしては、残高が多すぎないか。

疑問に思い、オンライン端末でその口座の通帳の入出金明細を調べてみた。

「これは……」

舞は絶句した。

入金は相当の数に昇っていた。通帳には個人の名前が並ぶ。ひとり、二万円から五万円程度の金額を振り込んできている。多いときには、一日に百万円近くも振り込まれていた。

「調査役。相馬調査役！」

舞は呼んだ。

「なんだよ、まだなんかひっかかってるのかよ」

「これ見てください。武内社長が面倒みてるっていう子供会の口座です。おかしいと思いませんか」

画面をのぞき込んだ相馬の、だらけた表情が引き締まった。

「なんだこりゃ。子供会にしては、随分と高い会費だな。ま、スキューバダイビングだからこのぐらいの会費は必要なのかもしれないが」

「そうでしょうか」

舞は、二ヵ月分の入金状況をさらに調べ上げていった。「会費なら同じ名前の子供から振り込まれているはずです。でも、ここには一つとして同じ名前はない」

「たしかに、妙だな」

首を傾《かし》げた相馬に、「課長、この会社、調べてみませんか」、そう舞はいった。

「なんか、どうもお前と仕事するとあらぬ方向に事態が進むんだよ」

相馬はぼやいた。

ＪＲと地下鉄を乗り継いで青山一丁目駅で地上に出る。六本木方面に歩いて、住宅街へと入った。提出された資料によると、武内健康堂の事務所は、その辺りにあるマンションの一室だ。

「ここか」

赤坂方面を見下ろすことのできる坂道。その頂上付近に立つ低層マンションの前で相馬は足を止めた。古いマンションで、オートロックにはなっていなかった。

「おかしいな」

郵便受けを覗《のぞ》き込んだ相馬がいった。舞も覗き込む。三〇三号室。その郵便受けにはなんの表示もない。チラシが溢《あふ》れ返っている。

「何かご用ですか」

管理人室から声がかかった。

「すみません。ちょっとききたいことがあるんですが」

相馬が出した銀行の名刺をしげしげと眺めた管理人は、「武内健康堂？　そんな会社は知りませんねえ。三〇三号室は、もう半年ほど空いたままになってるんですよ」。

「その前に居住してらした方はどんな方でしょうか？」

舞はきいた。

「それはちょっとプライベートなことなので」管理人は渋る。

「では、管理人さんから連絡をとっていただくわけにいきませんか。急ぎの用件なんですが」

「それは無理だ」

管理人はきっぱりといったものの、舞の真剣な表情を見て態度を変えた。「まあ、銀行さんならいいか。ここだけの話にしてくれよ。三〇三には老夫婦が二人住んでたんだが、なにかの詐欺《さぎ》にひっかかって自殺しちまったんだ」

9

「昨日のうちに稟議を出せといったはずだ！　なにをやってる」

　翌朝、出勤して間もなく、須賀に呼び出された。

「調査をしていたので、昨日中には間に合いませんでした」

　舞はその須賀をまっすぐに見据える。

「当座開設の稟議に調査だと？　はん！　ふざけるのもいい加減にしろ。自分の不手際を言い訳するのなら、もっとうまい理由を考えたらどうだ。どうなんだ、相馬調査役！」

「いえ、それはその――」

　いつものことで、相手のあまりの剣幕に相馬は口ごもった。

「とにかく、さっさと稟議を書いて出せ！　いま、すぐに。いいな」

　話は終わりとばかりに、席を立とうとした須賀を、お待ちください、と舞が制した。

「稟議を書くのはかまいません。ですが、結論は、当座預金の開設見送りです。それでよろしいでしょうか」

須賀は怒りに頰を震わせた。

「ふざけるな！　支店長命令に逆らうつもりか」

横から門脇も口を挟む。「いわれた通りにしろ、花咲！」

「たとえ命令でも開設を承認する稟議は書けないと申し上げているんです」

やけに落ち着き払った舞の態度に、須賀は皮肉の色をその目に浮かべる。

「困ったものだな、臨店チームは。応援にきて、指示に従うこともできないとはな。なあ、門脇課長」

「まったくです。いい加減にしろよ、二人とも！」

「まあ好きなようにすればいい。いまに痛い目に遭うぞ」

須賀は意味ありげにいい、門脇に命じた。「稟議は後回しでいい。まもなく、武内社長がいらっしゃるそうだ。手形帳と小切手帳を用意しておいてくれ」

「ちょっと待って――」

舞が口を挟もうとしたが、門脇はそれを無視した。

「おまかせください。こんなこともあろうかと、もう準備してありますので」

「さすがだな」

支店長に褒《ほ》められて門脇が胸を張ったとき、一階営業室から妙子が駆け上がってきた。

「課長、武内社長が応接でお待ちになっています」

「わかった。川井さん、さっき頼んだ手形帳と小切手帳、社長にお渡しするから出してくれないか」

妙子はにっこりと笑顔をみせた。

「お急ぎだというので、いまお渡ししました」

「いかん！」

だっ、と相馬が駆け出す。

その様子をぽかんと見送った須賀と門脇、そして妙子の三人に、舞はいい放った。

「なんで稟議も下りていないものを渡すんですか！」

そのあまりの剣幕に、三人が一瞬、唖然《あぜん》とする。

「武内は――いや、本名はわかりません――だけどあの男は、開設屋なんですよ！」

「なんだと？」

いいざま、門脇ははっと須賀を振り返る。探るような須賀の目が舞に向けられていた。

開設屋。つまり、銀行を騙して当座預金を開設し、入手した手形や小切手帳と一緒に転売する連中のことだ。詐欺師の一種である。

舞は手にしていた書きかけの稟議書を須賀のデスクに叩きつけた。その勢いで、他の書類が吹き飛び、床に散乱する。構いはしない。昨夜、武内の会社を調べにいくまでの経緯を説明した。

「ここは地獄の一丁目。たしか支店長、そういいましたよね。偉そうなことをいうんじゃないわよ！　人を観る目がないのは、支店長、あなたのほうよ！　どこに目をつけてるの。あなたもよ」

胸に指をつきつけられた門脇の顔からさっと血の気が引いていった。隣で、妙子は呆然《ぼうぜん》と立ちつくしている。

愕然《がくぜん》とした須賀から、やがて出てきた言葉は、「なんてことしてくれたんだ！」という、門脇への責任転嫁の叱責だった。

「そ、そんな支店長。私は――」

醜い争いである。

「やめなさい、二人とも！　あんたたちは、救いようもないバカよ！」

いい放つと、相馬を追って一階へ下りた。応接室に駆け込む。そこで舞が見たのは、武内と談笑してみせる相馬の姿だった。

「いやあ、すみません。ちょっと手形帳にミスがあったようなんで、交換させてもらいます」

とぼけた会話が耳に飛び込んできた。武内は安心しきっている。

相馬は、回収したものをぽんと舞に放り投げていった。

「ところで武内さん。あなた、本当はなんて名前なんです？」

武内の表情が凍り付く。「どうせ嘘っぱちなんでしょ、武内克美《かつみ》だなんて名前。武内健康堂なんて会社も存在してないし、あの会社案内もみんな嘘ですよね。老夫婦が自殺した原因になった詐欺はあんたが仕組んだものじゃないかと思うんだけどさ。本当のところはどうなのよ」

そのとき、舞の背後に二人の男が現れた。刑事だ。武内が応接室のドアに突進した。

「どけっ！」

体ごと舞にぶつかってくる。だが、その刹那、舞は体をかわし、強烈なひじ鉄を武内の背中に見舞った。

激しくデスクにぶつかって床に転がった武内に、刑事が飛びかかった。あっという間の出来事である。


「それにしてもよく気がついたな」

その日の帰り、相馬の誘いで、新宿の居酒屋に立ち寄った。「俺だったら、支店長にいわれるままに稟議を書いてただろうよ」

「あの子供会の通帳あったでしょう。あれがどうにも気になったのよね」

「あの残高か」

いいえ、と舞は首を横に振る。「あの名前よ」

「名前?」

「以前、銀行の犯罪防止通達に、健康食品詐欺の話が載っていたことがあったの。その健康食品を扱っているのがものすごく綺麗《きれい》な女の人でね。これを飲めば私のようになれるっていうのが謳《うた》い文句。その女はたぶん、武内の愛人かなにかかもね。その彼女の名前を思い出したわけ。この名前だった」

舞は悪戯《いたずら》っぽい眼差しを相馬に向けると、テーブルの紙ナプキンに書き付けた。

新井苑子。

「わかる？」

「ああ？」

相馬はあんぐりと口をあいた。舞はその横に、もう一つの名前を書く。

荒磯の子。

「振込って、カタカナで相手先を指定するでしょう。つまり、荒磯の子は新井苑子さんだってことよ。あの男がもっていた通帳に振り込まれた現金は、みなその健康食品詐欺で稼いだものだったの。新井苑子がまさか男だと知ったら、騙された人はさぞかし驚くでしょうねえ」

過払い

1

支店のシャッターが錆《さ》び付いて鳴く。花咲舞は、繁忙日の二十五日を、臨店先の原宿《はらじゅく》支店で迎えていた。

有名ブランドの大型ショップが建ち並ぶ、表参道《おもてさんどう》に面した支店である。だが、華やかな表通りの風景とは反対に、錆び付いて鳴く支店のシャッターが閉まった途端、店内は殺気に包まれた。

「窓、照合急げ！」

営業課長の吉田英二の号令が響き渡った。

窓、つまり店頭のことである。

誰からも返事はない。いや、返事をする余裕すらない。

さっきまで客で混雑していたローカウンターの店頭で伝票の集計作業を指導していた舞は、隣の窓でキーを叩いている中条美由紀の横顔を見た。

美由紀は入行二年目。いままでの一年間は店頭の後方で補佐的な仕事をしてきたが、今年になって店頭係、いわゆるテラーになったばかりの〝駆け出し〟である。

新人に毛が生えた程度の彼女にとっては忙しすぎる一日だったかもしれない。いいところのお嬢さん育ちといったその表情は心なしか青ざめ、いまにも貧血でも起こしそうに見える。

「どう、数字、合いそう？」

「そうですねえ……たぶん」

頼りない返事を美由紀は寄越す。

大丈夫かな、この子？

たぶんじゃ困るのよね。そんな言葉を舞は飲み込むかわり、肩までのセミロングの髪をさっと跳ね上げる。加算機を入れる音、伝票を読み上げる声、ひっきりなしに続く電話の着信音。殺伐とした雰囲気の中で、張りつめた時間だけが過ぎていく。

そんな中、手際良く照合のための作業を片づけた舞は、閉店後十分も経たないうちに窓をひとつ「締めた」。遠慮のない性格、ずけずけとモノをいうが、誰もが実力を認める花のテラー。その本領発揮である。事務部臨店指導に抜擢《ばってき》された腕はダテではない。

美由紀の援軍に回った舞は、「まあまあ、できてるじゃないの」という感想とともに、そちらもあっという間に片づけて見せる。頼りない見てくれとは裏腹に、美由紀はなかなかしっかりした仕事をしていた。これならやっていけるだろう。

「相談係、どうだ」

という吉田課長の声に、美由紀が「完了です！」と声を張り上げる。同じ臨店班の相馬が声をかけてきた。

「よお、狂咲、やけに余裕じゃねえか」

「当然でしょ」とそっけない言葉を返した舞は、「よおし、全店照合するぞ！」と大げさな態度で宣言してオンライン端末の前に座った吉田を、何人かの係員が囲むのを見ていた。

間もなく、「ゴメイ！」という吉田の言葉とともに拍手が起こった。

計算照合のやり方は銀行によって異なる。東京第一銀行の場合は、全ての伝票入力後にこうしてチェックし、その日一日に入力された伝票の「入」と「出」が正しかったことを確認する仕組みになっている。ゴメイというのは、そろばんの〝ごめい算〟からきている。

だがそのとき――。舞は、終息ムードの営業課の中で、ひとり慌ただしく手を動かしている背中に気づいた。

ハイカウンター、つまり普通預金や当座預金を担当しているカウンターのテラー、預金と為替を兼務する係長の島本直美が心配そうにその背後から覗き込んでいる。中島聡子《さとこ》だ。

「なにかあったのかしら？」

「かもな」

臨店中の支店で仕事上のトラブルが起きることはあっても、すぐには口出しせずに見守るのが相馬のやり方だった。支店と本部は、同じ銀行でありながら、お互いに手の内を隠し、いいところを見せようとする「壁」がある。事務部臨店という立場である以上、「ミスは見せたくない」と支店の行員が思うのは当たり前で、なにかいってくるまでは見て見ぬふりをするのは、相馬なりの気遣いといっていい。

聡子は、今年入行十年目になるベテランだ。人事部から回付された資料によると、きちんとした仕事ぶりで定評があるが、厳しい先輩として知られていて営業課の女性たちからは一目置かれると同時に畏《おそ》れられている存在でもある。

「現金か？」

島本係長の背後に立った吉田の声がそのとき耳に入って、舞は顔を上げた。

「いくらだ」

という声。

百万円です、という島本の声は、少し抑えられていたがはっきりと舞にもきこえた。

なんだろう？　だが、簡単にきくわけにもいかず、舞も遠くから様子をうかがう。テラーが各自持つキャッシュボックス内の現金管理は、テラー各自で行うことになっている。

合わないといってもベテラン行員の聡子のことだ。大丈夫だろう——そう簡単に考えてみた舞だったが、それから一時間して残務整理をほとんど済ませた時点でもまだ聡子の窓は締まらなかった。騒ぎは少し大きくなっていて、為替係全員が聡子の背中を取り囲むようにしている。さすがに、営業課長の吉田から渋々、相馬に説明があった。

「すみません、現金が足りませんで……」

「いくらですか」

「百万円です」

いったん聡子を囲む環に入った相馬が離れてきて、「その辺、探してみてくれねえか」といって相談窓口にあるデスクの引き出しを開け始める。

そんなところから出てくるはずがない。

そう思いつつも、万が一ということもあるので開けてみる。

見つからなかった。

「ゴミ箱は見ました？」

舞は吉田課長にきいた。たまに、紙袋に現金が入ったまま気づかずに捨ててしまうことがある。あるいは、現金そのものをゴミ箱に放り込むとか。とにかく、人間というのは忙しくなってくると普段では信じられないようなことをしでかすものだ。

「ゴミ箱、さっき田口さんが開けてましたけど」

聡子と同じ為替係の相沢京子がいった。田口芳人《よしと》は原宿支店に勤務する庶務行員である。吉田が、相沢とやはり同じ為替係の斉藤茉莉奈《まりな》の二人に命じた。

「地下のゴミ、見てきてくれないか」

二人は露骨に嫌な顔をしたが、渋々、地下のゴミ収拾場所へと消えていった。こういうときのために、銀行には一週間分のゴミは捨てずにとってある。

「聡子さん、現金の払い戻し伝票、見せてもらっていいですか」

舞はきいた。

「よろしくお願いします」

聡子が伝票の束を舞に渡した。気が強く、人一倍仕事に厳しい聡子だけに自分のミスが許せないという悔しさが態度に滲《にじ》み出ている。

伝票は全部で百枚以上あった。

二十五日になると、現金の出金が増える。

その伝票を舞は、二つの種類に分けた。

オートキャッシャーという機械が出金したものと、〝手出し〟、つまり機械ではなく聡子が自分で数えて出金したもの、の二種類である。手出し伝票は全部で六十枚近くあった。

相馬と半分に分け、一枚ずつ見ていく。その間にゴミ捜索部隊の二人が「ありませんでした」という報告とともに戻ってきた。

簡単には出てこない。やがて——。

「これ、怪しくないか」

相馬がつまみあげた伝票を吉田課長が覗き込むなり、叫んだ。

「ああこれだ。間違いない！」

椅子を立ってきた聡子は、痛いぐらいに唇を噛んで、いまにも泣き出しそうな顔をしている。

「すみません」

謝罪は、その蒼白な唇から誰にともなく漏れたが、応える者はいない。

「イエローチップ？　きいたことあるな」

伝票を読んだ吉田が伝票の会社名を口にした。

株式会社イエローチップ。その伝票は、その会社の普通預金から、二百五十万円近くを払い戻す内容になっている。

吉田が伝票を裏返す。

まずいな——という言葉を舞は飲み込んだ。

伝票の裏にある金種欄、「一万円」のところに聡子の手で「2」と書き込まれていた。

一万円札の束を二つ出したということだ。

問題は「再鑑者」の捺印欄だ。空欄のままになっている。

手続き違反——。

東京第一銀行では、預金者に現金を払い出すとき、行員が機械以外で出金する場合、ミスを防ぐために必ず「再鑑」、つまり誰かにもう一度確認してもらわなければならない手続きになっているのである。

それを聡子は怠っていた。

「再鑑印がないじゃないか」

非難めいた吉田の指摘は、もたらされている事態が重大なだけにいっそう重々しくその場に響いた。

「申し訳ありません。お昼時で係長がいらっしゃらなかったものですから、そのまま出してしまいました」

しかも、その出金に間違いがあったのだ。

二百五十万円の払い出しに、イエローチップという会社は、「金種」を指定してきていた。

全額が一万円札の出金ではなく、一万円札で払い出すのは百九十万円分だけ。残りの六十万円は、千円札や硬貨の組み合わせで出金して欲しいというリクエストだ。

つまり、百万円の束は、二つではなく一つで良かったのである。

ありがちなミス、といえばいえないこともない。

だが、再鑑さえしていれば、防ぐことはできた。

「過払い、か。なんてことしてくれたんだよ」

舌打ち混じりの吉田の声が、凍りついたようになったその場に冷たく染み込んできた。

2

「融資があるか、調べてくれ」

吉田課長の指示で、島本係長がオンライン端末に走る。「ありました」という返事はすぐにあった。

吉田に呼ばれて、間もなく渋面をぶら下げて降りてきたのは融資課員の小松薫という男だった。

「まいったな、過払いかよ」

やってくるなり小松は、無遠慮にいった。

「どんな会社だ。小松君、よく知ってる先か」

「そりゃまあ、一応、金を貸してる相手ですからね」

いいつつ、打ちひしがれている聡子を見て、気まずそうな顔をする。

「先方さんに電話をかけたいが、大丈夫か」

「大丈夫でしょ。社長はまだ若い人で、そんなこと気にするようなタイプじゃないですよ」

めんどくさそうに、小松は応えた。事前資料の支店名簿によると、小松は入行三年目。どうも言葉の端々に、営業店では融資係が一番偉いと勘違いしているようなところがある。

「いつも銀行に来るのは社長さんか」

「そうです。社長が経理も見てますから」

「わかった」

硬い表情で吉田はデスクの受話器を取り上げる。「本日は、ご来店いただきまして誠にありがとうございます。社長さんですか？　実は、たいへん申し上げにくいことなのですが、どうやらその際、当方のミスで現金を多くお支払いしてしまったようなのです。……はい。百万円ですが。金種をいただいていたのに、勘違いしまして一束余分にお渡ししたかと」

しばらく沈黙があった。

吉田が受話器を押さえ、「まだ現金を受け取ったときの袋をあけていないそうだ」と少し安心した表情でいう。それなら出てくるだろう、という期待が滲んでいた。

だが、その表情はすぐに萎《しぼ》んだ。

だまりこくった吉田の受話器から、向こうの声が何かいっているのがきこえる。

「そうですか……」

やがて落胆を隠せない吉田はこたえた。「突然のお電話で失礼しました。もう一度確認してみます」

電話を切って、自分を取り囲んでいる部下を見回す。

「余分はなかったといっている……」

半信半疑だ。

なかったといわれればそれまで。証明するものはなにもない。

「この三上って社長、どんな人？」

やがて吉田がきいた。

「まだ若手の社長ですよ」

小松はこたえる。

「やり手か」

こたえる代わり、小松は首を傾げた。どうも評価はイマイチらしい。

「カタカナの会社だけど、なにやってるんだ？」

パソコンの卸《おろ》しだと小松はこたえた。インターネットやパソコン雑誌に広告を出し、主に中小企業相手にパソコンを販売しているのだという。

「それで、業績は？」

「前期はトントン。今期はいまのところ多少赤字を出していたと思いますが」

「赤字、か」

意味ありげに吉田はいい、「うまくないな」とつぶやいた。

「だったら、防犯モニタで確認したらどうです？」

緊張した場面に似合わないのんびりした口調で相馬が提案した。「現金の受け渡し場面が映っているかもしれません」

防犯モニタが置かれている場所まで行き、当日のテープをデッキにセットする。

相馬が再生のボタンを押すと、当日の営業室がモノクロで映し出された。画面の左上に時刻表示がある。

伝票に印字された処理時間は、十二時二十五分。

その時間までテープを進め、全員で画面に見入った。

「どの人？」

島本がきいた。聡子は待合室のソファに座っている男を指さす。

たしか、昨日も来店していたはずだ、と舞は思い出した。見覚えがある。紫色のソフトスーツに洒落たネクタイを巻いたりしているが、どう見ても全《まっと》うな人物には見えなかったので記憶に残っていた。見てくれは、会社の社長というよりホストに近い。

画面はいくつか切り替わる。三上の姿は消え、また何秒かすると戻ってきた。

今度は立ち上がってカウンターの前に立っている。応対しているのは聡子だ。ちょうど現金を出す場面が映っていた。

カウンターの上に現金の載ったカルトンが置かれたところで、吉田が「一時停止」のボタンを押した。

全員の視線がそのカルトンの中身に集まっている。

押し黙ったまま何秒間かが過ぎた。舞も、ぼんやりと映っている札束の数を何度も数える。

三上が指定した金種通りなら、千円札の束が三つと一万円札の束が一つ。あとはコインの組み合わせのはずだ。つまり、札束は全部で四つのはず。

だが、いま小さなモニタに映っている札束は──。

「やっぱりひとつ多いように見えるな。まず間違いない、ここで過払いだ」

吉田がいった。「三上って社長、嘘ついてやがる」

3

事態がはっきりしたことで、騒ぎは大きくなった。

過払いによる現金事故となれば、支店は本部から大バッテンを喰らう。

業績考課、つまり支店の成績に大きく響き、それはつまり全員のボーナスにも反映される一大事だ。

「なにがなんでも回収して来い！」

支店長の園田和彦《そのだかずひこ》の厳命が下った。

「三上社長に会ってくる」

副支店長の河本基《かわもともとい》が、吉田と共に出かけたのは午後七時前のことだった。中島聡子もそれに随行する形で制服のまま支店を後にする。三上の会社は、原宿の竹下通りに近いビルに入居していた。徒歩で十分ほどの距離だという。

「うまくいくかしら」

心配した舞に、大丈夫だろ、と相馬は楽観的だ。

「なんたって、防犯カメラの画像があるんだから、いい逃れはできねえよ。それでもごねるようなら、警察に訴えるって脅せばさすがに相手も折れるだろう」

だが、それから一時間ほどして帰店した三人の表情を見た途端、交渉が不調に終わったことを舞は悟った。

「余分の金は入ってなかったといい張ってやがる」

吐き捨てた吉田は、憤懣《ふんまん》やる方ない顔で立て続けに悪態をついた。「すみません」。しおれて聡子は詫びたが、それを無視する形で吉田は対応を相談するために二階へ駆け上がっていった。

ついに涙を見せた聡子を見つめる島本の表情にも、どこか聡子のミスを責めているような鋭さがあった。結局のところ支店の全員が聡子のミスを許せるだけの余裕を失っている。

仕事はゲームのようなものだ――。

銀行で、よく管理職が部下に口にする言葉だ。だが、それはあくまで心に余裕のあるときの方便に過ぎない。

ゲームはゲームでも、出世を賭《か》けたゲーム。それが銀行という職場の本質であり、負けたからといって笑ってもう一度という敗者復活のルールはここにない。

「どうだったんですか」

聡子が落ち着くのを見計らって、舞は話しかけた。

「三上社長、全然、認めてくれないんです」

打ちひしがれた表情で聡子はいった。

「防犯テープのことは——？」

「一応、持っていって見てもらったんだけど、自分にはそうは見えないって」

現金を入れた紙袋の中味も確かめたが、過払いされた現金は見つからなかったという。

「たぶん、現金を受け取ったときに気づいて抜き取ったんだと思うわ」

聡子は決めつけたが、どうしようもない。相手が悪かった。

客筋の良さというのは銀行の財産といわれる。東京第一銀行原宿支店の取引先には古くからのつき合いを続けてきた会社が多い。そういう会社が相手なら、ほぼ間違いなく現金は返却された。その意味で東京第一銀行は恵まれている方だと思うのだが、今回に限っては例外だった。イエローチップとの取引はまだ数年と浅い。

逆に、そういう相手だからこそ、気をつけなければならなかった。親しい取引先であればミスをしても救われる。赦《ゆる》してもくれる。だが、取引の浅い会社には、エクスキューズが通用しないことが少なくない。

だが、そんなことは聡子にいうまでもないことだ。

彼女はよくわかっている。

銀行には実に様々な客がやってくる。テラーを何年もやっていれば、どんな相手が一番危ないのか身にしみてわかっているはずだ。

そして、見極めを誤った結果は、単なるミスと笑いとばせるものではない。


吉田と島本の二人が蒼白な顔をして降りてきた。支店長に相当絞られたらしい。その背後から、外訪鞄をぶらさげた小松が続いている。

「じゃあ、よろしく」

吉田に見送られ、小松はますます迷惑そうな顔をして出ていった。

どうやら、もう一度小松が来訪することになったらしい。

「人を代えて再度チャレンジか……」

そんな柔《やわ》な相手かとも思いつつ舞がいうと、「ローンパワーを吹かせようってつもりじゃないの」と相馬がこたえた。

「それならうまくいくかもしれない」

だが——相馬の予想は外れ、出かけて三十分もしないうちに、小松はとぼとぼと空手で戻ってきた。

三上は知らぬ存ぜぬを貫き通し、挙げ句けんもほろろに小松を追い返したという。

「万事休す、だな」

疲れ切った様子の小松の報告をきいた相馬が小声でつぶやいた。

4

午後九時を回った。

営業課員は新人も含め全員が居残り、お互いに心配そうな顔を見合わせている。

そのとき支店長室で対応を検討していた吉田が厳しい表情でおりてきて全員に告げた。

「私物検査をする」

ざわっと空気が動く。

「もう少し思い当たるところを探してからの方がいいんじゃないですか」

思わずきいた舞を睨み付け、「支店長のご指示だ」と吉田はいう。

キレるなよ、狂咲。そういいたそうな顔で相馬の眉が八の字に垂れる。

「ちょっと待ってください。行員のプライバシーを軽く考えすぎていませんか」

なにっ、と吉田の顔に血がのぼったとき、「ごめん、花咲さん」という声に舞ははっとなった。

聡子の泣き顔がこちらを見ている。

「私が悪いのよ。こうすることで私の過払いがはっきりする。ごめんね」

舞が押し黙ると、吉田は勝ち誇ったように顎《あご》を上げてみせ、課員の私物をひとりずつあたり始めた。

私物検査はその後さらに三階休憩室のロッカーにまで及んだ。

暗く陰鬱《いんうつ》な作業だ。

さすがに女子ロッカーの検査だけは島本が代行したが、最後のロッカーが閉じられた瞬間、誰からともなく吐息が漏れ、長い夜をさらに長く思わせた。

「出ませんでした」

吉田の結果報告を、死刑宣告をきく囚人のような顔できいたのは副支店長の河本だ。

「困ったな」

さっと二階への階段へ視線を走らせたのは、支店長の園田にどう説明したものか、それを考えたからではないか。

支店長の園田は同期トップをひた走っている本部エリートだ。対して河本は、その現場を知らない園田をフォローせよと半年ばかり前に据えられた叩き上げ。歳は園田よりも三つ上の四十五歳。洗練された園田に対して、泥臭い河本――。そのせいか、園田は河本のことを疎《うと》んじている。そのことは、臨店という短期間であっても、薄々感じ取ることができた。銀行の支店ではよくあることといってしまえばその通りだが、ある種のいじめといっていい。

過剰なエリート意識に凝り固まった園田の、いわゆるドサ回り銀行員である河本に対する蔑視《べっし》、優越感。理由はいろいろあるだろうが、河本がそれによって強いストレスを感じていることは間違いない。そんな人間関係が、この過払い事件に、また別な影を落としている。

「どうしたものか」

河本は壁の時計を見上げた。

「まだ社長いるかな」

河本のつぶやきに吉田がこの日何度目かの電話をかける。「まだいらっしゃいます」と送話口を押さえていった。

「これから伺えないだろうか。社長にきいてくれ」

吉田がそれを伝えると、端で聞いている舞のところにも「いいかげんにしてくれよ！」という怒鳴り声が洩れきこえた。

「はあ、ごもっともです。しかしですね――」

吉田の言葉を遮って、相手がまた何かいった。先方の苛立《いらだ》ちも最高潮だ。「そうですか、申し訳ありません。あ、あの、ちょっとお待ちいただけますか」

送話口を押さえ、河本を振り返る。

「会う必要はないだろうとおっしゃっているんですが」

今度は河本が電話を代わった。

河本は、「是非お時間を」、の一点張りだった。押し問答の末、強引に約束を取り付けた河本は、「行ってくる」といって支店を飛び出していった。

誰かが重たいため息をついた。

聡子は疲れ切った顔をして自席でぐったりとしている。

「じゃあ、直接関係のない人は帰ってくれ。ご苦労さん」

吉田がいうと、全員がのろのろとした態度で動き出した。

「あ、役席者と中島さんは残ってくれ」

いわれなくても、聡子に動く気配はない。

「おい、お前ももう帰れ、狂咲」

どうしようか迷っている舞に、相馬が告げた。「お前が残っていても仕方がないだろ。今日のところはごくろうさん」

5

「戻ってくると思いますか、現金」

支店の外へ出たとき、美由紀がきいた。

「どうかな」

状況から見て、三上という社長が過払いされた現金をネコババしたことはまず間違いない。だが——。

「現金っていうのは、受け渡しの瞬間が全てなのよ。後になって、あのとき幾らあったはずっていっても通用しない。受け渡すときに正確に確認しなかったのは致命的ね。あとで百万円多く渡したはずっていっても、こちらには証明するものは何もないもの。確かに、あの不鮮明な防犯ビデオじゃ証拠にならないし。相手が認めない限り、お金は戻ってはこないでしょうね」

しかも、あの電話の様子からして、三上社長との間も険悪になっている。

「聡子さんには気の毒だけど、解決は難しいんじゃないかしら」

ところが、その翌朝——。

「戻ってきた？」

意外な事実に舞は驚いた。

ロッカールームから営業室に降りた舞は、「よかったですね」と仲間にいわれて複雑な笑みを浮かべている聡子の横顔を見ながら、相馬を振り返った。

相馬は肩をすくめた。「今朝、副支店長が取り戻してきたらしい」

「じゃあ、三上社長は認めたんですか」

「まあ、そういうことだろうな、たぶん」

「たぶんって？」

「昨夜は結局、交渉が決裂したといって戻ってきたんだ。それで今朝、もう一度河本さんが出向いて取り戻してきたらしい」

執念だな、と相馬はいった。

「あの人のことだから、強引に認めさせたのかもしれないが、一晩寝て、三上社長のほうもまずいと思ったんじゃねえか」

「そうだったんですか……」

昨日あれだけ否定していたのに、今朝になって一転、認める。釈然としないが、現金が戻ってくればそれに越したことはない。

「とりあえず一件落着だ」

相馬にぽんと肩をたたかれ、うなずいた舞だったが、その日の午後になって雲行きが怪しくなった。くだんの三上が支店に姿を現したのだ。

昨日に引き続き、慌ただしい店内に足早に入ってくると、まっすぐに番号札を一枚とる。ちょうど窓に出ていた舞は、奇《く》しくも三上とカウンター越しに対峙《たいじ》することになったのである。

「いらっしゃいませ」

舞は、業務用の笑顔で三上を迎えた。職業上の習慣というのは時に悲しいものである。

三上はぶっきらぼうな顔をして、鞄《かばん》から通帳や証書の束を取り出す。

「これ、全部解約して欲しいんだけど」

投資信託なども含まれている。舞は、相手の不機嫌そうな表情を見ながらきいた。

「中途解約になりますと定期預金のお利息がつかなくなってしまいますが、よろしいでしょうか。それと投資信託ですが」

手元の端末を叩く。

案の定、元本割れだ。まずい、と思ったが、いわないわけにはいかない。

「いいよ、別に」

三上は投げやりにこたえた。「お宅の商品なんか持ちたくない」

あの過払いの事件が解約の理由だろう。オンライン端末を叩き、融資の有無を確認する。

案の定、三上の会社、イエローチップへの融資はまだ残っていた。

「少々お待ちください」

内線電話で、担当の小松に内線をかけた。融資があるのに定期預金などを勝手に解約すると後で融資課からクレームがつくことがあるからだ。「担保にもらおうと思っていたのに」といわれたら取り返しがつかない。

「イエローチップの三上さんが定期預金の解約をお申し出になっていますが、こちらで処理してもよろしいですか」

「勝手にやれば」

投げやりな返事を小松は寄越した。

「こっちはマル保だけだし、もう追加融資はあり得ない。副支店長との話し合いで取引解消の方向でまとまったらしいぜ。どうせなら融資もすぐに返してほしいんだけどな」

マル保とは、信用保証協会の支払保証がついた貸出のことである。万が一取引先が倒産しても保証協会が代わりに借金を返してくれるので、銀行にとって貸出のリスクがない。

ひねくれた顔でこちらの様子をうかがっている三上に、舞は向き直った。

「お待たせいたしました。承ります」

カウンターの上に載っている通帳を手に取る。

名義は三つあった。三上本人の他に三上桂子と奈美。妻と娘だろうか。

三上桂子名義の通帳には、五百万円ほど入っていた。奈美名義は毎月五万円の積み立てで二百万円近く。

三上は差し出した解約依頼書に記入しながら、ぼやいた。

「お宅の副支店長は最悪だな。客のことを泥棒呼ばわりだ」

舞は曖昧《あいまい》な返事をするしかない。

三上が百万円を盗ろうとして河本の説得に屈したことはいまや店内で知らない者はいない。案の定、三上に気づいて、ちらちらと全員が好奇と嫌悪の入り混じる視線を向けてきていた。

どこまでもしらばっくれるつもりね。

そう思いつつ、三上が記入している間に通帳を手にとった。三上桂子名義の普通預金口座だ。そのときあることに気づいて舞は声をかけた。

「あの――三上さま」

なんだ、という顔で三上が顔を上げる。

「この口座ですが、奥様の給与が振り込まれていますね。振込口座の変更はお済みでしょうか」

手続きが済んでいないとエラーになって、あとで面倒だ。

「それは忘れてたな」

三上は舌打ちしながらいった。

「三上さまのお会社にお勤めですか」

おそらくそうだろうと思ってきいた舞に、三上は「妻は教師でね」と意外な返事を寄越した。

「彼女は私立高校の先生なんだ。そうか、学校へ通知しなきゃいけなかったんだな。うっかり忘れていたよ」

「解約はその手続きが完了されてからのほうがよろしいと思います。もし必要でしたら、うちの小松に書類を届けさせますので」

そういいながら、舞は三上自身の普通預金通帳を手にして眺める。

三上が自分の会社から受け取っている給与は毎月五十万円。その中から、水道光熱費などの生活費が引かれ、毎月二十五日に生活費らしい二十万円が引き出されている。クレジットカード決済は毎月十日。確実に決済されていて延滞はない。決済額もそれほど多くなく、毎月十万円前後だった。

普通預金の残高は、いま二百万円近くあり、その他に三上本人の定期預金は一千万円以上の残高がある。

贅沢《ぜいたく》ではないが、堅実な家計だ。

ホストみたいな見かけだけど、この人は、決してでたらめな人ではない。

確かに、吹けば飛ぶような零細企業の経営者には違いない。その会社の業績も決して良くはないかもしれない。だが、この男は極めて全うな生活をしている。

三上のことを見かけで判断して誤解していたかもしれない、と少々舞は自省しつつ、ふと疑問に思った。

堅実な職業についている配偶者を持ち、幼い娘のために積み立てをしているような人物が百万円の現金を盗ったりするか？

そのとき、三上の意外な言葉に舞ははっとなった。

「それで、出てきたの、あの金？」

「どういうことでしょうか」

思わず声を潜めた。カウンターの向こうからこちらを見つめる目には、苛立ちが渦巻いている。

「だから、百万円、出てきたかってきいてるんです。どこかに多く払っちゃったんでしょう。お宅の副支店長、そういってたけど」

「ええ、そうなんですけど……」

舞は、なんと応えていいかわからず、言葉を濁した。このまま流したものか。だが、興味が先にたって舞は質問せずにはいられなかった。

「河本とはどんなお話をされたんでしょうか」

「どんな？」

三上は吐き捨てた。「あんたが盗った百万円を出せっていうから、そんなもん知らないって突っぱねただけだよ。それなのにビデオがどうだとかいってさ、全然引き下がらないんだ。しまいにこっちも頭に来て警察を呼ぼうかっていったら、黙ったけどね。うちの会社が小さいと思って舐めてるんじゃないの、お宅の副支店長」

「申し訳ございません」

舞は、事件の背後に隠された真相の存在に気づいた。

6

「そいつはいったいどういうことだよ、狂咲」

業務終了後、舞は、三上の話を相馬に話してきかせた。

「つまりですね、百万円は、三上社長が返したわけじゃないってことですよ。なのに、副支店長は、いかにも三上社長から取り返してきたような説明をしている。これはどう考えてもおかしいと思います」

「でも、あの百万円を三上社長が盗ったことはまずまちがいないんだぜ」

相馬はいった。そうなのだ。それが舞にもひっかかっていることだった。

「もし、三上社長が犯人じゃなかったら？」

相馬に向けた言葉というより、自問に近い。

「でも、ビデオには過払い分のお札が映っていたように見えたじゃねえか」

「たしかに……」

だけど、そこに何か勘違いがあったとは考えられないだろうか。過払いだと判断したのは、ぼんやりした画像ながら札束がひとつ多いように見えたからだ。そこには、いつも金を扱っている銀行員ならではの職業的な直感が働いている。

「三上社長にしてみれば、恥ずかしいって思いがあったのかもよ」

相馬がいった。「だって、自分が盗ったなんていえねえだろ」

「でも、私には嘘をついてるようには見えなかったわ」

三上は本当に腹を立てていた。そして、どうなったかと本気で質問した。あれは決して演技ではない。

舞は毎日、さまざまなお客さんを相手にしている。虚勢を張る人なのか正直な人なのかは、少し話してみればわかるものだ。その目に狂いはない。その舞の目から見て、三上と河本、どっちが信用できるかといえば、正直なところ三上だ。たとえ身内の行員であったとしても、河本には〝裏〟がある気がする。

「そもそも、三上社長が盗った金を返したから百万円が戻ってきたんじゃないか。

それに三上以外の人物から取り戻したのなら、河本副支店長だってそう話すだろう」

「あるいは、正直にいえない理由があったのかも……」

今度こそ相馬はぽかんとした。

「は？　たとえばどんな理由だよ」

「たとえば——業績です」

舞はいった。「もし、過払いで百万円の現金がなくなったとなれば、この店の評価はガタ落ちする。それだけじゃない。支店長や副支店長の経歴にもキズが付く。それを避けようとしたとは考えられませんか。そのためには過払いの事実を隠蔽しなければならない」

舞がいいたいことを理解したらしく、相馬は慌てた。

「おいおい、なにをいい出すんだよ、狂咲。お前、まさか——」

「いいえ、きっとそうよ。あの百万円を三上社長から取り戻したといってるけど、本当は違う。河本副支店長が自分のお金を出したのよ」

翌日、舞は、オンライン端末で河本基名義の口座を調べた。

二つある。給与振込専用の口座と、普通預金口座だ。

次に、それぞれの口座の出入金明細を調べて見る。

河本の普通預金口座から、この日、五十万円の現金が引き出されていた。

「やっぱり」

あとの五十万円は？

ピンときた舞が続けて調べたのは、営業課長の吉田英二の口座だった。見つけた。

今度は三十万円。二人合計して八十万円だ。

あと二十万円――。

こうなると、見つけだすのは簡単だった。係長の島本直美が十万円。そして、過払いした中島聡子の口座からも十万円――。

「こういうことだったのか……」

つぶやいた舞の背後に、人が立った。相馬だ。

「調査役――」

いいかけた舞を相馬は制し、渋面を作った。

「なにもいうな。いま島本係長から相談を受けたところだ」

「河本副支店長の命令ですか」

舞はきいた。

「どうやらそうらしいな。〝ぐるみ〟の工作だ」

「園田支店長は知ってるんですか、このこと」

いいや、と相馬は首を横に振る。

「どうするんです、調査役。このまま見過ごすんですか」

「さて、どうしたものかな……」

問いただした舞に、相馬は返答に窮した。

この隠蔽工作を暴けば、原宿支店にとって大きな減点になる。おそらく、今期の業績考課での表彰は難しいだろう。それだけじゃなく、園田や河本だけではなく、島本や、過払いした本人である聡子に対して、なんらかの処分が下ることは間違いない。それぐらい重大なことなのだ。

舞は、何事もなかったかのように振る舞っている聡子を見た。自分のミスだけに、河本の申し出を断れなかったのだろう。

過払いをしたとき、日本の銀行ではミスをした本人が補塡《ほてん》することはない。あるべき金が足りないとき、それを行員個人が補塡する発想は、客の現金から金を抜く発想の裏返しで、銀行では御法度だ。

それにもかかわらず河本が金を出せと迫った背景には、そのほうが得だという損得勘定があったからだ。金さえ出して丸くおさめればまだ出世の首はつながり、全ては丸く収まるのだと――。

そうやって、舞たちの目まで誤魔化そうとしている。

慌ただしい店頭で、いままた一人、聡子の接客が終わろうとしている。声を掛けようと立ち上がりかけて、舞はあることに気づいた。

「ありがとうございました」

聡子が差し出しているカルトンの中身。

預金通帳、引き出された現金、そして――。

ポケットティッシュ。

はっとなった舞は、オンライン端末を操作し、唐突にある事実に気づいたのである。

「そうだったのか――!」

舞は、ぽかんとした上司を振り返った。

「もう一度、あのビデオ、見せていただけませんか。三上社長が現金を受け取る場面が見たいんです」

7

「なあ狂咲。いったいなんなんだ」

二度目の「再生」ボタンを押したとき、それまで黙って見ていた相馬がたまらずきいた。

「ポケットティッシュですよ」

舞はいった。

「ティッシュ？」

再び目を向けたモニタの中でその場面が再現されていた。カウンターに近寄る三上の姿、通帳を受け取り、聡子が現金を出す場面、そして立ち去っていく三上の後ろ姿。だが、その映像のどこにも、聡子が差し出したはずの粗品のポケットティッシュが映っていない。

テープを停止させた舞は、相馬にいった。

「聡子さんは、顔なじみのお客さんには必ず粗品を渡す人なんです。一見客さんには出さなくても、取引先には必ず出します。だけど、ここにはそれが映っていない。

どうしてだと思いますか」

相馬は考えたが答えは出てこなかった。

「出し忘れたとか」

「いいえ。彼女は忘れるような人じゃない。これは私の推測ですけど、札束のように映っているこの中のひとつ、実はポケットティッシュじゃないかと思うんです」

慌てて相馬はテープを巻き戻し、同じ場面を穴の空くほど見つめる。カウンターの上にカルトンが出されたところで一時停止し、粗い画像を凝視した。

鮮明には映っていない。ぼやけた映像だ。

だからはっきりしたことはいえない。いえないのだが――。

「つまり、過払いの相手は三上社長じゃないということか」

「たぶん」

舞のこたえに、「おいおいおい」と相馬は、少しおどけたような口調になったが、目は真剣だ。

「あの日、それ以外の相手で過払いしそうなところは他になかったぞ。それにイエローチップの出金伝票には明らかなミスがある。過払いしたとすればあそこしかない」

「私もそう思います。じゃあ、過払いなんて最初からなかったとしたらどうですか」

核心を突いた舞の言葉に、相馬はごくりと唾を呑み込んだ。

「お前、自分が何をいってるかわかってるのか」

舞は黙って、先ほどオンライン端末からプリントアウトした書類を見せた。

中島聡子名義の普通預金、その出入金明細だ。

「これがどうかしたか」

「最初、昨日一日の明細だけ見ていたんですけど、オンラインで捕捉できるこの一ヵ月間の出入金明細を取り直してみたんです。このクレジットカードの決済額を見てください」

相馬が目を剝《む》いた。

一社で八十万円を越える額が決済されているからだ。それだけではない。信販会社のものと思われる割賦の引き落としが三本で四十万円。ローンの返済と思われるものがさらに十万円。

「聡子さんは、多重債務に陥っていると思うんです」

相馬の返事はない。唖然として言葉が出ないのだ。

「あの百万円、過払いではなく、聡子さんが盗ったんじゃないでしょうか」

8

聡子の預金口座の動きを調べた舞は、いくつかの発見をした。

聡子が無謀な購買行動を取り始めたのは、いまから三ヵ月ほど前にさかのぼること。現在聡子は、毎月二百万円近い借金の返済をしていること。そのために彼女は定期預金を取り崩して支払っていたこと。その定期預金の額ももうわずかしか残っていないこと。

聡子は、とてもそんな女性には見えない。

堅実で聡明で、そして誠実なひと。仕事には厳しいが、常に前向きな姿勢を取り続けている良き先輩。この数日の臨店でそれに接した舞は、尊敬すらしていたのだ。ましてや銀行の金に手をつけるような人ではない。それなのに――。

何が彼女を狂わせたのか。

舞は、てきぱきと仕事をこなしていく聡子を複雑な表情で見つめた。

舞の推理を否定する材料が出てきて欲しいと願った。だが、事実を積み重ねるに従って聡子に対する疑惑は逆に深まっていくばかりだ。

伝票にある札束の数をわざと間違え、「再鑑」なしで出したのは見せかけだったのではないか。ティッシュペーパーを札束の間に挟んだのは、ビデオでの検証を予想してのことではなかったか。

盗んだ現金は、その後の昼休みに外へ出て、どこかのコインロッカーにでも隠すことができたはずだ。私物検査で出ないのは当然だ。

彼女が犯人だ――。しかし、そう確信した舞にどうしても解けない謎が残った。動機である。

彼女をそこまで変えた理由、それがわからない。

午後五時、業務終了を見計らうようにして、島本と吉田の二人が副支店長の河本に呼ばれて二階へと上がっていった。

聡子の債務状況について、相馬が報告を上げたのだ。

「仕方ないだろう。知らないフリはできないんだから」

睨み付けた舞に相馬は言い訳がましく小声でいった。「これで彼女のコース変更の可能性も失せたな」

「調査役、コース変更って、彼女、それを申し出ていたんですか」

驚いて舞はきいた。コース変更とは、一般職から総合職への職種変更のことである。

確か、その試験は三ヵ月ほど前、行われていたはずだ。だが、聡子はその試験に落ちた。

「そうだったのか……」

聡子さんなら大丈夫だろう——誰もがそう思っていた試験だったはずだ。

苦い思いとともに、舞は、聡子の精神状態を理解したのだった。

「あの、ちょっといいですか」

聡子に、舞は声をかけた。

「コース変更を希望されていたこと、ききました」

思いがけない言葉に、聡子は「気にしてないよ、もう」といって立ち上がる。だが、その表情は、みるみる硬くなっていく。

なにもいえないでいる舞の代わり、「中島さん」と背後から聡子に声がかかった。

島本係長だ。二階から降りてきたらしい彼女の表情はひきつっている。

「ちょっと支店長室へ来てくれるかしら。いますぐよ！」

その剣幕に、聡子は、「いやになっちゃうわね」と肩をすくめて見せた。

「島本係長は去年コース変更の試験受かったんだって。そんなに仕事できるようには思えないんだけどなあ。人事なんていい加減よね」

島本が転勤してきて聡子の上司になったのも三ヵ月前。そのとき、聡子の中で歯車が狂い始めた。聡子は虚ろな笑いを浮かべた。それは、テラーとしていつも客に見せる笑いとはかけ離れていた。苦しかったよね。そんな言葉を舞は飲み込んだ。

「お疲れ」

聡子は舞の肩をぽんと叩くと、全員が帰り支度をする中、足早に二階への階段を上っていった。

彼岸花

1

「失礼します。部長、お届け物なんですが、いかがいたしましょう」

ちょうど児玉直樹がいるとき、部長秘書の青木由絵《よしえ》がそう報告してきたので、図らずも児玉はその「お届け物」がなんなのか、知ることになってしまった。

由絵が戸惑いがちな表情を浮かべている理由は、腕に抱えた花束だ。

彼岸花《ひがんばな》。

それが役員室の入り口辺り、ほんのわずか陰になっている控えめな場所で赤く咲き誇っている。

こんな季節に、彼岸花か。まだ春だというのに。なぜ彼岸花か、という疑問を抱くより前に児玉はふとそんなことを考えた。だが、温室栽培で年がら年中、様々な花が手に入るのだから、それほど珍しいことではないかもしれない。

書類に目をとおしていた真藤毅は秘書の呼びかけに顔を上げて、自分の秘書と花束を見つめていたが、「なんだ、それは」という言葉とともに、不機嫌というより、不可解な顔になる。

「彼岸花ですね」

いつもなら黙っているのに、児玉はつい口にしてしまった。

「見ればわかる」

と、真藤は今度こそ不機嫌な口振りになった。「こんな花をわざわざ送り届けてくるか？　仏様に供える花じゃないか」

なぜ彼岸花なんだろう？

児玉がようやく気づいたのはこのときで、そして唐突に、嫌な気分になったのである。こいつはお届け物というより、〝送りつけられてきた〟花だと悟ったからだった。

「送り主の名前はあるか」児玉が由絵にきいた。

「川《かわ》野《の》直秀《なおひで》さん、とありますが」

由絵が送り主の名前が記されたプレートを見ていう。

カワノナオヒデ？　どこかできいたことがあるな、と思ったが、それを考える暇もなく、真藤が苛立《いらだ》った声で命じた。

「そんなもの捨ててしまえ。彼岸花とは、失礼な」

真藤に川野某に心当たりがあるのかきこうと思ったが、憤然とした真藤を見て、質問の言葉を飲み込んだ。そんなことを質問したら、叱《しか》られそうな雰囲気だ。

「この数字の根拠は大丈夫か」

真藤の問いかけに、児玉は再び打ち合わせへと頭を切り換えたが、彼岸花の一件はどうにも消えることのない染みのように、脳裏にひっかかった。

そして、一旦気になると、どうにも落ち着かなくなるのが、児玉の性分だった。気になる正体が果たしてなんなのか、とことん調べてみないと気が済まない。

飛ぶ鳥を落とす勢いである真藤派閥、その若手最有力と目されている児玉だが、その評判は伊達《だて》ではない。いまの立場の善し悪しは別にして、児玉には、それなりのものがある、というのは衆目の一致した意見だ。

ひとの機微を敏感に嗅《か》ぎ取る能力に長《た》け、勘が鋭いのも児玉のもって生まれた長所といってよかった。

あの彼岸花、真藤は、捨ててしまえ、と切り捨てた。だが、そう簡単に片づけていい問題だろうか？　自分のデスクにもどった後、児玉は慎重に思いめぐらしてみる。

薄暗いドアの向こう側を明るく照らしていたあの彼岸花の佇《たたず》まいがどうにも忘れられないのは、ただ単に送り主の名前がひっかかるというより、その背景に不穏なものを感じるからだ。

果たしてそれはなんだろう？　川野直秀という名前は、役員室から辞去した途中、秘書のもとに寄って字面まで確認してきた。

初めて耳にしたときにも感じたことだが、やっぱりどこかできいたことがある。はて、どこだったか？　あの花は真藤宛なのだから、自分に直接というより、真藤に関係のある人物のはずだ。そして名前をきいたとき、真藤は、本来の激しい性格を剝き出しにした。それは心当たりがあったことの裏返しだと児玉は判じた。間髪を入れず話題を仕事に戻した真藤の態度といい、腑《ふ》に落ちない顔をしていたはずの児玉を前に説明の一言も付け加えなかった経緯といい、どれも気になり始めるととめどない。

「なにせ、彼岸花だからな」

そう小さくつぶやいた児玉は、「調査役、お願いします」という部下の知らせでミーティングのために席を立った。

2

企画部長の真藤は、長く東京第一銀行の企画畑を歩いてきた男だった。

大学を卒業して最初に配属されたのが、丸の内支店。入行したときから、エリートとしての待遇を受けていた証拠である。当時の新人は百人前後のはずだが、その中でも最初から真藤の評価は図抜けていたと思われる。入行時、新入行員は皆平等だと人事部では説明するが、本当にそうだと信じているのは余程おめでたい連中だけで、実際にはすでに序列があり、将来の役員候補とおぼしき連中の〝発射台〟は高い。それは、他ならぬ児玉も同じことで、児玉の初任地は、八重洲支店だった。丸の内支店とは東京駅を挟んで表裏の関係だが、どちらも東京第一銀行屈指の一流店であることには変わりがない。

いま児玉は、真藤が辿《たど》ってきた経歴を思い出していた。

最年少執行役員である真藤の輝かしい経歴については誰もが知るところで、わざわざ人事部に確認する必要もない。

丸の内支店で三年ほどを過ごし、その後、銀行からの派遣留学生制度に勝ち残り、プリンストン大に留学、二年間でMBAを取得した後、三年間をニューヨーク支店で過ごした。その後、東京本部へ復帰し、国際企画部へ。ここに十年近く在籍する中で、真藤の最大の業績は、アメリカに本部を置く投資銀行の買収である。そして、その買収した銀行の頭取として五年間を再びニューヨークで過ごし、企画部次長として本部に復帰。本来ならここで数年を過ごした後、どこかの支店長に出されるのが一般的だが、真藤の場合、そうはならなかった。金融情勢が慌ただしくなり、不良債権処理や合併といった銀行が直面する様々な問題に、日米の会計制度と経営に精通し、企画力のある真藤が必要不可欠な人材と目されていたからだ。

在籍する部名は変わっても、一貫して企画部門を歩んだ真藤は、分厚い人脈を操った行内政治力にものをいわせて出世の階段を駆け上がり、最年少の執行役員にまで登り詰めたのだった。

真藤こそ、東京第一銀行のエリート中のエリートといっていい人材だった。

銀行員の経歴のほとんどを、経営の中枢で過ごした人間というのは、メガバンクの東京第一銀行の中でも数少ない。

それはつまり、外部との接触もまた少なかったことを意味している。

川野直秀は銀行関係者ではないか——そう児玉が推測したのはそのような理由に

よってである。

ミーティングが終わったとき、すでに午後三時を回っていた。朝からの真藤との打ち合わせで神経を遣い、昼食を挟んで他部門の次長や調査役との予算関係の打ち合わせでは、予算増をいってくる相手を論破するのに頭をフル回転させた。

妙なもので、疲れきって椅子《いす》に体を投げ出した途端、児玉の脳裏に浮かんだのは、あの彼岸花だった。その曰《いわ》くありげな花の佇まいは、それ自体なにかの魔力でもとりついているかのように、児玉の思考を再び花の送り主へと誘ったのだ。そして、真藤の経歴を勘案した挙げ句、今し方の結論へと児玉を導いたのだった。

ふうっ、と長い鼻息を吹き出し、児玉はデスクの電話をとった。

内線で押したのは、つい先ほどまでミーティングでやりあっていた人事部調査役の尾久《おく》牧夫の番号である。

「申し訳ないけど、ひとつききたいことができた」

切り出した児玉に、尾久は議論の続きだと思ったのだろう、川野の名前を出した途端、なにか拍子抜けしたような吐息がきこえてきた。

「調べる理由はあるのか？」

尾久はきいた。「いくら人事部でも、行員の個人情報を流すには理由がいる」

「彼岸花、送ってきた」

「なに？」

「うちの部長のところへ、朝、彼岸花が届けられた。川野直秀という人物からだ。ヘンじゃないか。もしや、当行《うち》の関係者じゃないかと思ってな」

「なんで当行の関係者だと思う」

尾久はきいたが、勘、としか児玉は答えられなかった。確かな根拠というものがない。それは認めないわけにはいかなかった。

電話の向こうで尾久はしばらく考え、それから二度目の吐息を漏らす。今度は、ちょっと迷惑しているぞ、ということを児玉にわからせるためのものだ。ついでに、僅《わず》かな恩義も売ろうというニュアンスも含まれている。

「わかった。関係者かどうかぐらい調べましょう」

そういって電話は切れた。

あとは待つしかない。

これで自分が当面すべきことはなくなったと思ったら、気にかかっていたものがとれて少し楽になった。

3

二両編成で住宅街を走る東急世田谷線、宮の坂駅で下車したとき、雨が降り出した。

淡くとけこむような春の雨だった。

鞄に折りたたみ傘をいれておいて助かった。今朝、出がけに妻が「持っていったら？」と差し出してくれた。そのときは晴天だったが、天気予報によると夜から雨が降るという。雲一つない空を見上げた児玉は、まさか、と朝から思ったがそんなことで議論するのもばかばかしいので差し出されたものを無造作に鞄にいれて出かけてきた。妻は、何でも自分の思うようにならないと気が済まない性格なのだ。

見上げると、糸をひく雨粒が街灯に銀色の輝きを放っている。その銀色の天に向かって傘を広げ、児玉は歩き出した。地図は銀行でコピーしてきて背広のポケットにいれてあるが、さっき下車するまで眺めていたから位置関係はおおよそ頭に入っている。

駅前の商店街から住宅街へ。道の両側の光景が変わった頃になって地図を出し、目的地と現在地を確かめた。コンビニがあって、明かりが道路を照らしている。すっかり葉桜になった桜の枝が頭上に伸びていた。

川野直秀について、尾久から回答があったのは、夕方のことだ。

「退職者だ」

そう尾久からきいた途端、児玉は複雑な心境になった。はっとしたのも束《つか》の間《ま》、心のどこかでそんな回答を予感していたような気もした。

「いつ」

「二年前。出向先のジムセンで退職した記録がある」

ジムセンとは事務センターのことなのだが、それは旧称で、三年前の経営合理化で独立法人として切り離され、いまは別会社になっている。正式には、東京第一銀行事務サービスといい、ここには銀行本体からの出向者が多数在籍していた。

「どんな経歴なんだ？」

「笹塚《ささづか》、大森《おおもり》、業務統括部、企画部――」

「企画？」

児玉は思わずきいた。「企画部にいたことがあるのか、その人物は」

「もう七年も前のことだから、君が知らないのも無理はない。主計のほうだし」

企画部には主計と企画と二つのグループがある。児玉は企画のほうで、部員の数もそこそこいるから、たしかに知らなかったのもうなずける。尾久はつづけた。

「その後品川《しながわ》に行き、ジムセン」

そして退職、か。

「早期退職制度か」

リストラの一環で導入された早期退職制度を利用して銀行を去っていった行員は少なくない。ほとんどが管理職一歩手前の四十代の行員たちだ。

「一応、そういう扱いになってるな」

言い方にひっかかるものを感じたが、それ以上のことを尾久は話さなかった。

「届け物の礼をいいたいから連絡を取りたい。自宅の住所と電話番号を教えてくれないか」

児玉の理屈を斟酌《しんしゃく》するかの沈黙が挟まった後、告げられたのがこの世田谷区内の住所だったのである。

まず、児玉がしたのは電話をかけてみることだ。だが、留守電になっていた。電話機に最初から登録されている機械の応答メッセージである。

時間をおいて、二度ほどかける。やはり、留守――。

「ご用の方はご用件をお話しください」のあと、発信音がきこえるまえに児玉は受話器をおいた。

住所は世田谷区。世田谷線の沿線だということは地図で確認してわかった。一方、児玉の自宅は、最寄《もよ》りが小田急線の成城学園《せいじょうがくえん》前だ。

気にはなるが、児玉も暇ではないので、このまま放っておこうかとも考えた。

ところが、それからしばらくすると秘書の由絵が曇った表情で児玉のところへやってきていったのだ。

「児玉さん、朝方の彼岸花のことなんですけど」

「ああ。あれ、どうした」

真藤は捨てろといった。だが、由絵はどうも捨てきれなかったらしい。

「どうも、ああいうお花を捨てるというのも気が引けて。児玉さんもヘンだとは思いませんか」

「思うね」

児玉は認めた。

「できれば捨てるのではなく、お返しするほうがいいと思うんです」

なるほど、と思った。

薄暗い街灯に照らし出されて、狭い道路の両側をコンクリートの塀が覆っている。歩きにくいのは、片手に鞄を持ち、傘を持つ手に彼岸花の花束をぶらさげているからだった。

「元行員のひとらしいから、帰りがけに返してくるよ。ただし、真藤部長には内緒で」

由絵は、川野直秀が元行員だったことを知らなかったらしく、驚いた顔になったが、同時にほっとしたようにも見えた。お願いします、とひとつ頭を下げると、これからデートへでも行くような軽い足取りで、児玉の前から去っていく。

うまくはいえないのだが、いま児玉は、軽い興奮を覚えていた。彼岸花を送りつけてくる相手を訪問する思いがけない理由ができたこともさることながら、その相手がどんな動機でこんなものを送りつけてきたのか、そのこたえをきくことができると思ったからだ。もちろん、それを児玉はきき出すつもりだった。花だけ置くために、こんな役をわざわざ買って出たわけではない。

濡れそぼる住宅街の真ん中で立ち止まり、児玉は辺りを見回した。

道路に面して、同じような建て売り住宅が六軒並んでいる。縦長の三階建てで、一階の玄関脇がクルマ一台分のガレージになっている作りだ。ようやく目的の家にたどり着いた児玉は、ガレージに入っている国産のワンボックスカーを見て、玄関の表札を確認した。

川野の名前ではない。

なにか、ハシゴを外されたような思いを味わいながら、刹那《せつな》立ちつくした児玉に、「なにか」と声がかかった。

買い物袋をぶらさげた若い女性が、怪訝《けげん》な顔をして児玉を見つめている。その視線が、彼岸花に注がれ余計に目が細められたのを見て、「川野さんのお宅を探しているんですが」と児玉はきいてみた。

「川野さん……？」

女は首を傾《かし》げ、児玉が見せたメモの住所を覗《のぞ》き込み、それからなにか思い出したように、「あ」と小さな声を出した。

「以前、ここに住んでらした方だと思います。私どもも、まだ越してきて一年ほどですので」

「そうでしたか」

偶然、留守番電話だったからわからなかったが、見当違いの相手にかけていたらしい。引越したのなら番号も変わったはずだ。途方にくれた児玉に、「お隣の藤田さんにきいてみたら何かわかるかもしれませんよ」と女はいい、ビニール袋を持った手で右隣の家を指した。クリーム色の外壁、カースペースにはクルマの代わりに、自転車が三台置いてある。

「確か、娘さんが同じ学校に行ってらしたってきいたことがあるわ。お宅は子供がいないから淋しくなったっておっしゃった」

そういう女の口調に、小さな棘《とげ》が混じった。

「ありがとうございます」

礼をいった児玉の前で、黒に金モールがはいったドアが閉まり、さっきまで暗かった家に明かりが灯《とも》った。

児玉は隣の家のインターホンを押す。銀行名を名乗るとドアがあいた。不在でないことは、明かりがついているからわかっていた。相手を信用させるのに、まだ銀行という肩書きは有効らしい。

東京第一銀行企画部の名刺を出した児玉は、川野の転居先を知らないかと単刀直入にきいた。

「銀行から連絡したいことがあるのですが、退職されたときの住所しかなくて、困っているんです」

半ば本当で半ば嘘《うそ》。玄関で応対している主婦の背後でドアが開き、居間から小学校の高学年ぐらいの女の子が顔を出してきた。ちらりと児玉の顔を見て、二階へ上がっていく。やがてピアノが鳴り始めた。たどたどしいソナチネは、きっと児玉にきかせてくれているに違いない。

「まさか転居されているとは思いませんでした。もしご存じでしたら教えていただけませんか」

それでしたら銀行にもお知り合いがいらっしゃるでしょう、ぐらいのことはいわれるかと思った。だが、児玉のことを信用した主婦は、「娘のお友達で、年賀状をやりとりしていたはずですからちょっと見てきます」といって居間へ戻り、間もなく児玉の探し求めていた住所を教えてくれた。町田市内だ。

「なんでも、ご実家に近いとのことで。川野さんも大変だと思いますわ」

「大変とおっしゃいますと？」

児玉がきくと、主婦は「ご存じないんですか」と目を丸くする。

「川野さんの旦那《だんな》さん、自殺されたんですよ」

そうか。

そのとき、児玉は川野の名前をどこできいたのか、思い出した。いつだったか、だれかが噂《うわさ》をしていたのだ。自殺した元行員のことを。それがたしか川野直秀ではなかったか。

4

翌日、出勤した児玉が最初にしたことは、川野が企画部に在籍していた七年前の名簿を探すことだった。

七年前。そのとき児玉は、大手町《おおてまち》支店で大企業向けの融資を担当していた。そこで実績を上げて法人業務部に転勤したのがさらにその三年後、企画部へ来たのはその後のことだ。

同じ企画部とはいえ、いまではほとんどの行員が入れ替わっていて、いま企画部に在籍している者の中で、川野と一緒に仕事した経験のある者はいない。

「ありました。古い資料の中に見つけました」

企画部内の資料をひっくりかえしていた児玉のもとに、由絵がきて告げた。由絵には、昨日の経緯は説明してある。自殺ときいて由絵の顔色が変わり、こんなことをいった。「じゃあ、あの彼岸花は亡くなった方から届けられたということですか」まるで本当に死人が花を買って送りつけてきたようないい方である。だが、笑おうにも笑えない気がして児玉は「そうだ」とこたえた。

そう、あれは死人が送ってきたものだ。

真藤部長に。

彼岸から。

これはなにかある。あの花にはなにか理由《わけ》がある。

当時の企画部主計グループで、川野直秀の肩書きは調査役となっていた。当時の企画部は……名簿を眺めて最初に飛び込んできたのは、意外な名前だった。佐々木《さ さ き》馨《かおる》。現在、業務統括部の次長。同じく真藤と結びつきの強い、行内有名人のひとりである。このとき佐々木の肩書きも調査役。佐々木の年次はたしか、川野と同じぐらいだったはずだ。

佐々木のことは知らないわけではない。だが、川野のことを気軽にきける間柄でもない。他に誰かいないかと探した児玉は、次に笠井清晴《かさいきよはる》の名前を見つけた。

「笠井さん、一緒だったのか」

笠井は事務部調査役。年次は四つ上だが、たまに酒を飲む仲だ。七年前というと、当時は企画部の係員として下働きをしていたに違いない。すぐさまデスクの電話をとった児玉は、笠井の内線番号を押した。

「川野さんかよ」

事務部をたずねると、ミーティング・ブースに招き入れた笠井はやおら渋面を作って見せた。「なんでまた、川野さんのことなんか」

「真藤部長に、昨日、彼岸花が送られてきました。川野直秀名義で」

ちっ、と笠井は舌を鳴らして、「ほんとかよ」と益々《ますます》、表情を曇らせる。

「まいったな」笠井は弱り切った声を出した。「そこまでするかよ」

児玉は、その笠井の表情を見つめながら、「ご存じですか、川野さんは自殺されてるってこと」。

しばらく、笠井は声も出ない様子で、児玉を見つめていた。

「ほんとうか」

「ええ」

「いつ？」

「一年ほど前みたいです」

川野の隣人の藤田からそれはきいた。

「どうやって?」

執拗《しつよう》なまでに、笠井は質問を重ねる。

「首吊《くび》り自殺だということでした。詳しいことはわかりません」

「そうだったのか」

笠井はがっくりと肩を落とし、テーブルの上に両肘《りょうひじ》をついて疲れ切ったように顔を覆う。前髪が垂れ、その指を隠した。そのまましばらく動かなかった。

「なにがあったんです」

児玉はきいた。「なにが」

「なんにもありゃしねえよ」

笠井の声は手のひらの向こう側からくぐもってきこえる。「ありふれたこと以外はな」

「ありふれたこと? なんなんです」

頰《ほお》をふくらませた笠井は、ふうっと唇をすぼめて息を吹き出した。

「いじめだよ」

「いじめ? 川野さんがいじめられたと?」

「真藤部長が――っても、当時はまだ次長だったけど、そりが合わないというか、そんなんで部内で干されたわけよ。まあ、真藤さんっていえば、次長時代から実質的に企画部を仕切っていたようなものだから、睨《にら》まれると怖い」

持ち前の勘が働いたのはこのときだった。

「佐々木さんも一緒だったんですね」

児玉はきいた。その質問はどうやら鋭いところを突いたらしい。顔を背けた笠井は苦虫を嚙《か》み潰《つぶ》したような顔をしてしばらく返事を寄越さなかった。

「佐々木さんと真藤部長は相性が良かったと」

「まあな」

「川野さんとそりが合わない理由はそれですか」

「それが全てではないだろうが、まあ、佐々木さんを上げて、川野さんを落とす。真藤さんがやろうとしていたのは、そんなことだろう」

真藤の後押しを得て、その後佐々木は出世の階段を駆け上がり、川野は品川支店へと出された。

調査役から副支店長なわけだから、それでも一応の栄転なのかもしれない。そう思っていた児玉だったが――。

「あれは完全なコースアウトだな」

笠井は断言してみせる。

「どういうことですか」

「だって、品川支店で川野さんに与えられたのは、債権回収だけを専門にする特命副支店長なんだぜ」

品川支店は当時、破綻《はたん》寸前の中堅ゼネコンを取引先に擁していた。ここだけで、一社数百億円に上る債権があり、川野に命じられたのは、ただひたすらその債権を回収せよ、という特命だったのだという。副支店長の肩書きは単なる飾りに過ぎない。

「企画部のエリートから、現場のどぶ浚《さら》いだ。さぞかしショックだったろうと思うよ、川野さんは。回収っていっても、長く本部にいたから、現場感覚は鈍っているだろうからな。期待された成果を上げられるはずはない。そんなことだから、品川支店の支店長にも嫌われる」

「嫌われたんですか、実際」

「さあな。だが、ジムセン行きじゃ、好かれていたとはいえないだろうよ」

「事務センターにはどんな役職で行ったんでしょうか」

笠井は首を傾げた。

「詳しいことはわからんよ。品川支店へは企画部から送りだしたが、その後のことは……。ジムセン行きにしたって、人事通達で見つけたに過ぎない」

要するに、笠井が話しているのは、ある銀行員の軌跡といってよかった。出世ではなく、転落の軌跡である。

「これがありふれたこと、ですか」

笠井の話をきき終えた児玉は、皮肉をこめていった。

「ああ、その通り。君なんかこういうの得意なほうだろ、違うか」

きき返す目にも皮肉が浮かぶ。笠井は親しいだけに、容赦がない。ぐさりと心臓を一突きしておきながら、にっと笑う。人は悪いが憎めない男だった。だが——。

「どうですかね」

こたえた児玉の心は、さすがに痛んだ。

「で、誰が送ったんだ。その花束」

笠井はきく。「彼岸花とはまた、ずいぶん大胆というか、意味深なもの送るじゃないか。家族だろうか」

「わかりません、調べてみないことには。放っておくことも考えたんですが、どうも、捨ておけない何かを感じるんですよね」

児玉は腕組みをし、細く息を吐きながら天井を見上げた。「家族にあってみたい気もするんです」

「真藤さんは知ってるのか」

「ええ。送り主が川野さんだと知れた途端、捨ててしまえと。誰が送ったとか、そういうことは一切なしで」

「なら、あまりほじくり返さないほうがいいと思うぜ」

笠井は咎《とが》めるようにいった。「いまさらどうしようもないことだし」

「だけど、彼岸花を送ってきたんですよ」

「家族かどうか、わからないじゃないか。どこにそんな証拠がある」

「それはそうですが」

そのとき、ある思いが児玉の胸に浮かんだ。

花屋を調べたらいいんじゃないか、と思ったのだ。

どこの花屋で誰が金を払ったのか——それを調べれば、相手のことがわかるはずだ。

笠井に礼をいって企画部にもどった児玉は、秘書の由絵に内線電話をかけた。

「あの彼岸花の送り状、見てくれないか。花屋の名前を知りたいんだ」

「折り返します」

昨日返却することができなかった彼岸花は、この日の朝、再び秘書室へ持ち帰っていた。自宅に置いておこうと思ったのだが、経緯をきいた妻が気味悪がるものだから、今朝は彼岸花を持って出勤したのだ。幸いなことに雨は止《や》んでいたが、通勤列車の中で、赤く咲き誇る彼岸花は、他の乗客の注目を集めた。なにか自分がその花を運んでいることに違和感を感じつつも、運んでいるという事実が、花の送り主の思念に動かされてでもいるような、奇妙な感覚を味わったのも事実だ。

由絵からの電話はすぐにかかってきた。

「町田市内にあるお店です」

するとやはり、川野の家族が送ってきたのだろう。気の毒に。

「送り返しますか、あの花」

どうしたものか児玉は迷った。ただ送り返すだけでは相手の感情を逆なですることにならないか？　かといって捨てるというのも、死者を冒瀆《ぼうとく》する行為のような気がする。

「部長の目のふれない場所にしばらく置いておいてくれないか」

由絵に頼んだ児玉は、総務部の友人である中窪広太《なかくぼこうた》に連絡をとった。同期入行の中窪は、総務部内で様々な不祥事を担当している調査役である。中窪が摑《つか》んでいる情報を公表すれば、東京第一銀行の株価は半値になるといわれるほどの男である。

「なにかトラブルでも？」

児玉の声をきくと、察しよく中窪はきいた。

「真藤部長のところへ彼岸花が届いた。法事でもないのにだ。たぶん恨みじゃないかと思う」

続きを促すように電話の向こうが静かになった。中窪は、飲めば賑《にぎ》やかな男だ。だが、仕事ぶりは常に慎重を期す。児玉は、今までの経緯をつまびらかにし、中窪の意見を求めた。

しばしの沈黙の後、中窪はいった。

「自殺の責任が真藤部長にあると、家族はいいたいのか」

「たぶん、そうだろう」

「なるほど」

また、沈黙。そして、「わかった。本来なら放っておきたいところではあるが、真藤さんとなると、そうはいかんだろうな」。

なにせ将来の頭取候補である。妙なことで傷がつけば、銀行の信用にも結びつく問題だ。

「俺が動いたことは内密にしてくれないか。部長は、無視しろという態度だった。気になって調べたのは、正直、俺の独断だ」

「わかっている。調べてみるから時間をくれ」

「すまんな、忙しいところ」

「構わない。それが仕事だからな。それより、お前こそ、本件については口外無用だぞ。俺が動くことも含めてな」

5

「ちょっといいか」

ふらりと現れた中窪は、いつものように能面のような表情をぶらさげて児玉のデスクの前に立った。中窪は何もいわなかったが、川野の件だと見当がついたので、児玉はあわててデスクを立った。中窪と深刻に話していた」となると後が面倒なので、部の外へ出て、共用の応接室のひとつに中窪をひっぱり込んだ。中窪に電話をかけた翌朝のことである。

「どうだった？」

椅子にかけて向かい合うと、児玉はきいた。

「かなりひどかったようだな」

「ひどい、というと？」

「真藤さんの対応がだ」

案の定、中窪はいった。「当時、企画部主計グループにいた人間にそれとなく当たってみたんだが、川野さんのことを目の敵だったそうだぜ。川野と佐々木というこの二人の調査役は、次長への出世レースでかなり競《せ》り合っていたらしい。それまでの経歴は甲乙つけ難い。だが、このときには真藤さんの存在が二人の明暗を分けた」

真藤は佐々木をかわいがり、川野を疎ましがった。

その事実は最初からわかっていたが、中窪は、そもそもなぜ、そんな人間関係になってしまったのか、という根本ともいえる原因を探り当てていた。

「佐々木さんっていうのは、お前も知っての通り、権謀術数に優れた知将タイプだ。清濁併《せいだくあわ》せ飲むタイプで計算高い。それに比べ、川野さんという人は、どうにも自己主張の強いタイプだったらしいな。正しいと思えば、相手が誰であれ、論破してしまうようなところがある。それが原因で、煙たがっていた人間も大勢いたということだ」

中窪は続ける。「ある時、企画部内のプロジェクト会議で、真藤部長と——当時の肩書きは次長だったが——川野さんがぶつかってしまったらしいんだ。まあ、衝突の原因となったのは、本部内に導入するコンピュータをどこから買うかといった、他愛もないことだったらしい。当初、この話をまかされていた川野さんは、性能と価格を比較して、東京ソニック製のパソコンを三百台買うというプランを立てた。ところが、それを当時の真藤次長は却下し、銀行の取引先である中央電気製のパソコンを導入しろと命じた。そのことを巡って、会議の席上、真藤さんと川野さんの間で議論になり、川野さんが真藤さんを論破してしまったらしいんだ」

初めてきく話だが、先日まで、たしかに本部内で使われていたパソコンは、すべて東京ソニック製だった。その後代替わりとなって、いまは中央電気のパソコンになっているが、正直、使いやすさでは今ひとつだ。

「それがきっかけ？」

「当時の真藤次長にしてみれば、企画部長の前で自分がやっつけられたことが相当ショックだったらしい。なにせ、ばりばりのエリートだからな。負け慣れていない」

冗談とも本気ともとれないことを、中窪はいった。

「そのパソコンの一件があったのは、川野さんが企画部に異動して一月足らずのとき。直属の上司なんだから、もう少し真藤次長を立てておけばよかったんだ。まあ、新しい部署にきて、気合いが入りすぎたのかもしれない。いっちゃ悪いが、こんな下らない議論で真藤さんを怒らせたりしなければ、今頃、佐々木さんに代わって、川野さんが業務統括部辺りで結構な羽振りだったろうよ」

中窪の話では、その一件以来、当時の真藤次長はことあるごとに、川野の仕事ぶりを批判し、その芽を徹底的に潰した。川野は追いつめられ、心療内科通いをするまでに病んだ。それでも真藤は、川野いじめをやめなかった。

「笠井さんにもきいたっていったな。なんていった?」

中窪はきいた。

「銀行ならありふれた話だとさ」

「お前はどう思う」

意地悪い笑いを、中窪は浮かべた。

「さあな。ただ、気の毒なことだ」

感情を殺してそうこたえたが、本当は心胆を寒からしめるような話だと、児玉は思っていた。出世とプライドに対する真藤の執着は、恐ろしいほどに強い。わかっていたつもりだが、その苛烈《かれつ》さには背筋が凍りつく。なにしろ、その結果としてあの彼岸花が送りつけられてきたというのに、真藤はほとんど目もくれず、言下に捨てろと命じた。

味方につけるには真藤ほど頼りがいのある権力者はいない。だが、真藤を敵に回せば、これほど恐ろしく冷酷な相手もまたいないだろう。

中窪の話にはさらに続きがあった。昨日、電話をしてから今までの間に、中窪はかなり真剣に川野直秀について調査したらしい。

「品川支店での川野さんは、慣れない融資回収業務に忙殺された。支店長は、お前も知ってると思うが、中西兼敏《なかにしかねとし》さんだ」

厳しいことで知られていた御仁である。すでに出向してしまったが、部下を呼びつけて殴るなんてことを日常的にやっているという噂があった。

「その中西さんにも、相当いじめられたらしいな。もともと、不慣れな仕事なのに、中西さんともなると、平均以上の結果を求められる。肩書きは副支店長だが、実質課長と変わらない扱いだ。このとき、川野さんの精神状態はさらに悪化して、人事部の記録によると、心療内科通いのために何度か休むということを繰り返している。もうこうなってくると、ラインへの復帰は難しい」

「それでジムセンか」

「そう。毎日、ハンコだけ押してればいい仕事。企画部のエリートだった男がたった数年で、廃人同様だ。中西さんも強烈だが、そもそも債権回収の特命担当になった段階で川野さんの将来は実質閉ざされたといえるだろうな。つまり、真藤さんが引導を渡したってことよ。知ってるのか、真藤部長は川野さんの自殺のこと」

中窪はきいた。

「さあな。きけるかよ、そんなこと」

そして、ふと現実的なことに思いを馳《は》せた。

「この一件が問題になることがあると思うか」

中窪は腕組みして考え、「遺族の出方次第かもな」という一言が出てくるまで随分時間がかかった。

「その遺族の連絡先はわかっている。こちらから出向いて、なんらかの方策を練るべきだと思うか」

きいた児玉に、中窪は意外なことをいった。

「町田の連絡先だな。それより、お前は知らないと思うが、川野さんの妻はいま、当行で働いている」

「ほんとうか？」

驚いてきいた児玉に中窪はうなずいた。

「ああ。ＴＳＳの派遣社員で、町田支店に勤務しているんだ」

ＴＳＳとは、東京第一スタッフサービスの略で、東京第一銀行が出資している人材派遣会社である。東京第一銀行で働いている派遣社員は全員がこの会社から受け入れているのだった。

「川野さんが亡くなって、たぶん、経済的にも苦労されているんだろう。奥さんもかつて銀行に勤めていた方らしいから、いざ働こうと思っても、他に就職先がなかったんじゃないか」

川野の妻にしてみれば、夫を狂わせた銀行が憎いだろう。だが、そうした憎悪の一方で、生きていかなければならない現実がある。あの彼岸花を送ったのが川野夫人であるのなら、その憎悪と現実とのせめぎ合いの中で、せめてもの抗議といえないことはない。

「そうだったのか」

つぶやいた児玉に、中窪がいった。

「川野さんの遺族への対応は俺にまかせろ。彼岸花は返す。まだ捨ててないよな」

「捨てるもんか」

児玉はほっと胸をなで下ろした。枯れようとしおれようと、捨ててはならない
――そんな気がしたのだ。正解だった。

「行くのか、町田へ」

中窪はうなずいた。

「いつ？」

「俺たちの仕事はこうと決めたら早くするのが、うまく丸めるコツでね。今日の午後にでも行ってこようと思っている」

「俺も行っていいか」

自分でも思いがけず、児玉は口走っていた。中窪が目を丸くして驚いている。

「謝罪しに行くわけじゃないんだぞ。わかってるな」

「もちろんだ。だが、謝罪はしないにせよ、お前ひとりで行くより、企画部の人間もひとり行ったほうが先方も納得するだろうよ」

中窪は考え、「まあ、いいだろう」といった。

児玉は、内心、ため息をついた。

いったい、俺はなにをしようというんだろう。自分で自分の行動が信じられない気がする。だが、どうにも相手の顔を見ないと気が済まない。気まぐれにこんなことを思うのもまた、あの季節はずれの彼岸花のせいだろうか。

6

中窪の情報では、川野の妻、波恵《なみえ》は、毎日午前九時から午後五時まで町田支店の外訪レディとして働いているということだった。通常、パートタイムで働く主婦のほとんどは午前十時から四時までという時間帯である。波恵がそれよりも前後一時間長く働いて、ほとんどフルタイムに近いのは、やはり経済的な理由があるのだろう。

その仕事の邪魔をしては悪いので、終業時間の午後五時に合わせて町田支店を訪問しようというのが中窪の考えだ。

そのために、新宿を四時台に出る小田急線の急行に乗った。ここからだとおよそ四十分の時間で着く。町田支店は、駅前に店を出しているから、いずれにせよ午後五時までには着くことができるはずだ。

町田支店の副支店長には、中窪から「所用で」パートタイムで働いている女性に話をききに行く、とだけ伝えてあった。詳しいことは、伝えてない。事を大げさにすれば川野の妻が働きにくくなったりする恐れがあるからだ。そんなことにでもなれば、収まるものも収まらない、というのが、中窪の考えである。もっともだと、児玉は思った。

午後四時五十分に町田支店の裏口から入った中窪は、直接、波恵が所属している営業課を訪ねた。

「すみません。総務部のものですが、派遣の川野さんいらっしゃいますか」

応対した若い女子行員は周りを見回したが、そのとき近くにいた先輩らしい行員の、「応接にお通しして」との言葉で、二人は営業課のフロアにある応接室に通された。

五分ほど待たされただろうか。

ドアがノックされ、さっきの先輩行員が申し訳なさそうに顔を出した。

「川野ですが、本日は一時間ほど前に上がらせていただいているんです」

しまったという顔で中窪はいい、どうしようか、としばし考える。

「仕方がない。出直すとして、とにかく花だけは返そう」

児玉はいい、彼岸花をテーブルの上において女子行員にいった。「君、申し訳ないんだけど、この花、川野さんに渡してもらえないだろうか」

「まあ、きれいな彼岸花ですね。渡せばわかりますか」

「たぶん」

と児玉。それに「自宅に届けるか……」という中窪のつぶやきが重なったとき、

「これって、川野さんが旦那さん名義で真藤部長に送った花ですね」というあっけらかんとした声がして、児玉はぎくりとした。女子行員が、意味ありげに児玉と中窪を見ている。

「君、知ってるのか、この花のこと」

「はい」

彼女はいい、こちらが勧めもしないのに、反対側のソファに腰を下ろした。「この花をお送りするとき、川野さんから事情をききましたので」

思わぬ話に、中窪があわてた。

「事情をきいただって？　本当かね、君」

「ええ。なんでも、これで恨みをはらすんだとかで」

「なんの恨みかきいたのか」

体を乗り出した中窪に、「ええ、もちろん。企画部時代に本部のパソコンを一括購入する話があって、当時の真藤次長が自分の非を認めずに逆恨みしたとか」。

思わず、児玉は中窪と顔を見合わせた。

「そんなこと、川野さんはぺらぺらとしゃべっているのかね」

「いえ、一緒に仕事をしている私に、こっそり教えてくれたんです。だからここだけの話にしてください」

ほっとため息をもらしたのも束の間、「とはいえ、みんな知ってますけど。そういうことって、川野さんがいわなくても、なんとなく噂になってしまうものなんです」。

「おいおい。あまり口外して欲しくないな」

中窪が渋面で釘《くぎ》をさす。

「口外なんかしてません」

女子行員は憤慨したようにいった。「ただ、今日も、総務部の方がいらっしゃるというので、なんだろうなって。おととい、川野さんが彼岸花を送ったから、そのことで何か文句をいいに来たんじゃないかって、みんな興味津々。真藤部長の差し金ですか？」

「差し金とはなんだね、君」

さすがに中窪は声を怒らせ、相手を睨み付けた。

「やっぱり、彼岸花が気に入らなかったんですか？ 噂してたんですよねえ、どういう反応するかなって」

「君、そこまで知ってるのなら、川野さんが送るのをなんで止めなかったんだ」

中窪がきいたとき、ふと相手の女性は押し黙った。そして、じっと彼岸花を見つめる。なにかその花の中に、長年、探しているものがあるような眼差《まなざ》しで。

なんなんだ、この女——。

児玉が思ったとき、彼女はふと、もの淋しげな表情になった。

「私、川野さんにはいったんです。そんなことするの、やめたらって。でも、彼女はどうしても、真藤部長に恨みをぶつけたいって、そういいました。だったら、それもいいかなって」

真剣な眼差しが、ふいに児玉を射た。思わず、背筋を伸ばしたくなるような、鋭さだ。

「私がそう思ったのは、そうすることで真藤部長に銀行という組織で働くということは何なのか、考えてもらいたかったからです。真藤さんは、自分の名誉だかプライドだか、あるいは出世だかのために、川野さんを貶《おと》しめた。たったひとりの人間の自尊心のために、同じ銀行で働いている、家族も将来もある人間がだめになっていく。いつから銀行はそんな職場になったんでしょうか。出世のために人を蹴落《けお》としてなんとも思わない、そんな人が経営する銀行に、社会の役に立つことができるんでしょうか？　私がいいたいのは、そういうことです。この銀行には大勢のひとが働いています。出世や銀行の利益のために、そのひとだけでなく家族の幸せまで奪う、そんな組織にして欲しくない。そう思ったから、あの彼岸花、一度だけ送ったらっていいました。もしそれで真藤さんが気づいてくれたら、もう二度と、彼女は過去を振り返らない。そう私と約束したんです」

児玉ははっとしたまま、瞬《まばた》きすら忘れて相手の言葉をきいた。中窪もまた唖然《あぜん》とした表情で彼女を凝視している。

ふと、児玉は彼女がつけているネームプレートを見て、はっとなった。

花咲。

〝こいつか――！〟

そのとき、ドアがノックされ営業課長が顔を出した。そして、室内の異様な雰囲気に気づいたのか、児玉と中窪に不思議そうな眼差しを向けたのだった。

「児玉調査役。本当にこの彼岸花、部長室に飾っておくんですか」

由絵は少し心配そうな顔で児玉にきいた。

「ああ、いいから。そうしてくれ。ああそう、窓際に置くと映えるな」

そうでしょうか、という顔で反論を呑み込んだ由絵は、「部長がお怒りになっても知りませんよ」という。

「そのときは、一日ぐらい飾ったほうがいいと私からいわれたといえばいい」

「本当にいいんですか」

「いいんだよ。たまには部長にもそういうのが必要なんだ」

わけがわからない。そんな表情で由絵は肩をすくめると、花瓶にいれた彼岸花を窓際において部屋を出ていった。

真藤の声がして、ドアがあいたのはそれとほぼ入れ違いだった。

案の定、視線は児玉を通り越して、窓辺の花へ吸い寄せられる。怒りが爆発するかと身構えた児玉だったが、真藤はまるで何事もなかったかのようにその花の前に立った。「いろいろなことがあるものだな」と小さくつぶやく。そして、ふと我に返ったかのように児玉を振り返り、「さて、打ち合わせだ」というと上着をぬいで椅子の背もたれにかけた。

その勢いで彼岸花がかすかに揺れたが、児玉にはそれがまるで目に見えない感情の揺らぎのように感じられたのだった。

不祥事

1

伊丹百貨店の全従業員、約九千人分の給与データが紛失した――。

そのニュースは、五月二十五日の昼過ぎになって舞のところに飛び込んできた。秘密裏に開かれた対策会議から深刻な顔で戻ってきた相馬から小声で伝えられたのだ。やばいことになったぞ、と。

それはまさに、東京第一銀行の信頼を根底から揺るがす、前代未聞の不祥事といってよかった。

「事実経過を説明するとだな、朝九時過ぎに給料を下ろしにいった社員の家族から給料が入ってないという連絡があり、同社経理部に伝えられたそうだ。最初、同社経理部では自分たちのミスだと思い、処理を確認した。が、間違いはなかった。そのうち、同様の問い合わせが数十件寄せられ、当行の伊丹百貨店の担当者へ給料の振込はどうなっているのかと問い合わせがあったのが、午前九時二十分。その場で担当者が本店の給振《きゅうふり》担当に確認し、給料振込データが処理されていないことが発覚したというわけだ」

「データの紛失が原因なんですか？　ただの処理洩《も》れではなく」

相馬は〝紛失〟といった。紛失と処理洩れではぜんぜん違う。紛失となれば大事件で、事務の単純ミスである処理洩れとはケタ違いにヤバい。

「残念ながら、紛失したらしい。いまの会議で、事実経過が確認された。伊丹百貨店では、給与データを確かに渡したといっているし、集金した担当者の受取証もあって間違いはない」

「担当はどちらです」

「本店営業第二部。坂田調査役が担当している」

伊丹百貨店ほどの会社になると、支店ではなく、本店での所管になる。相馬は続けた。「坂田調査役によると、同社訪問時にデータを受け取り、そのまま寄り道をしないで戻ったそうだ。そして、集金鞄からデータを出してデスクに置いた。ちなみに、データはMO《光ディスク》で、専用の黒いボックスに入れてあったそうだ」

「そこまでは間違いない？」

「本人はそういっている。ところが、その後急な来客があって席を外した。そして戻ってみると、データはなくなっていた」

相馬は説明すると、まるで悪い夢から醒《さ》めたような顔になって、指先で鼻をこすった。

「それ、いつのことですか」

「いまから、五日前。先週の水曜日だ」

「どうしてそのとき紛失したことに気づかなかったんですか」

舞は疑問を口にした。

「部下の係員が処理したと思ったとさ。事実、伊丹百貨店の給与データは、坂田調査役が集金してくるが、給振担当への受け渡しは係員がやっていた。毎月のことなんだから係員も気づきそうなものだが、二人いてね。お互いに相手が処理したんだろうと思っていたらしい」

悪いことは重なるものだと相馬はいって肩をすくめて見せた。

「先方に受取証があったということは、集金帳を切ったということですよね。その控えはどうしたんですか」

舞はきいた。

ここは重要なポイントだ。銀行の集金帳というのは、実は重要な書類で、通し番号を付けて処理している。集金物を行内で受け渡す場合は、行内での受領を確認することになっているから、その集金帳を見れば、行内での動きがわかるはずだ。が

——。

「行内の受領は確認できなかった」

「は？　どうしてですか？」

「集金帳の伝票ごと紛失したからだ。それがないということに坂田も気づいたらしいが、探そうと思いつつも失念していたらしい。本人曰《いわ》くまったくのうっかりだったらしい」

「お気の毒に」

本店営業部の忙しさをよく知っている舞はいった。だが、銀行の仕事とはむしろこういうものなのかもしれない。小さな綻《ほころ》びひとつ、ミスひとつ、わずかな油断ひとつで、思いもかけなかった事態を招く。それは、坂田だけではなく、この相馬だって、舞だって、同じことだ。人間である以上、ミスやうっかりは必ずある。それがときとして今回のような大変な事件と結びつく——それは銀行という職場に働く者が共通して抱えるリスクだ。

「気の毒だとは思うが、坂田さんには、腹をくくってもらうしかないだろう」

相馬はいい、本題に入った。

「この不祥事は、当行にとって二つの非常に重大な意味を持つ。ひとつは、間もなくこのことは新聞やテレビを通じて世の中に知れることになると思うが、要するに信用失墜だ。東京第一銀行は、その不手際を世間に晒《さら》し、〝事務が弱い〟という風評に耐えなければならない。それだけじゃないぞ。もし給与データが外部に流出してみろ。これはもう目も当てられない。当行始まって以来の大不祥事で、副頭取クラスが詰め腹を切るレベルだ」

銀行では不祥事があると役員の誰かが責任をとって更迭《こうてつ》されることが多い。そうした慣習を睨んでの相馬の推測であるが、いかにもありがちな話だと舞は思った。

「そしてもう一つ。この一件で、伊丹百貨店が計画しているプロジェクトへの参加が見送られる可能性が出てきたことだ」

「プロジェクトというと、あの赤坂の」

舞もきいたことがある。伊丹百貨店では赤坂の再開発を伴う巨大プロジェクトがあり、数千億円単位の金が動くという。

「そのプロジェクトの幹事行の座を巡って、いま当行と並列主力といわれている白水銀行との間で熾烈《しれつ》な主導権争いの真っ最中だ。このプロジェクトのファイナンス面を押さえれば、収益期待は相当なものだ。逆に、他行にやられたりしたら――」

「伊丹百貨店は、息子を当行に入れているぐらいだから、うちを蚊帳《かや》の外に置いたりはしないでしょう」

相馬は首を横に振った。

「いやいや。そこが問題なんだよ。伊丹社長は、今回の件にいたくご立腹らしい。先ほど頭取から伊丹社長には速やかに謝罪し、事実関係を究明する調査委員会を設置せよとの直命が下った。委員長は、真藤毅企画部長。融資部や総務部から何人かが選抜されてそれぞれの立場から調査し報告することになっている」

「大変ですねえ」

人ごとのようにいった舞に、相馬は告げた。

「まったくな。それで——事務部からも二人選ばれた。俺と、もうひとりはお前だ、狂咲」

2

坂田は落ち込んでいた。

見る影もないとはこのことだ。すでに人事部と総務部の面談を終えたという坂田調査役は、魂の抜け殻のような面差しで、憔悴《しょうすい》しきっていた。

本店営業第二グループの坂田栄介は、まだ三十になったばかりのエリート行員だ。都内の大型店舗で経験を積み、この三月に栄転したばかり。その矢先の出来事だった。

「あのとき、集金帳を確認しておけばこんなことにならなかったんだ」

そういってがっくりとうなだれた坂田に、舞はいった。

「でも、データに足があるわけじゃないから、勝手にどこかへ行くはずはありません」

「そりゃそうだが。他の書類に紛れてしまったんじゃないかと思う」

おかげでいま、営業部内にはヒマな検査部の人間が二十人近くも陣取っていて、まるで宝探しの真っ最中だ。あちこちで書類がひっくり返され、デスクが開けられ、そしてかき回されている。

データの捜索は営業部にとどまらず、本来データの受け渡しを行う本店でも行われ、さらに事務センターでもいま大規模なデータ探しが断行されているという。だが、いまのところ、目的のデータはまだ発見されていない。そいつは、まるで煙のように消え失せてしまったというのだ。

「そのとき、どんな書類を広げていたか、覚えていらっしゃいますか」

「やめてくれよ、そんなことはもう何度も話したし、今回の一件が発覚して、自分でも真っ先に探したよ。だけどなかった。デスクもキャビネットもひっくり返したがどこにもデータはなかった」

その給与データが紛失しているために、いま東京第一銀行では、伊丹百貨店に泣きついてデータの再交付を依頼したのだという。伊丹は応諾したが、紛失について納得できる回答を得られなければ、今後二度と東京第一銀行から給与振込をしないと最後通牒《つうちょう》を突きつけられた。

そうした事実のひとつひとつがこの坂田の肩に重くのしかかっているのだ。

「給与データは専用ボックスに入れたまま置いてあったんですか」

舞はきいた。そのボックスは先ほど見てきた。一辺三十センチ、高さ二センチのがっしりと重い入れ物で、中にMOが五枚まで入れられる仕様になっている。書類に紛れ込んでしまうようなものではない。

「なくしたというより、誰かが、間違って持ってった可能性はどうよ、坂田君」

横できいていた相馬がもっともな質問をする。それなら可能性もある、と舞も思った。

「可能性はなくはないですよ。だけど、あの黒いボックスを何と間違うんですか。

あんなごつい入れ物、他に間違えようがないと思うんですがね」

それもそうだ。

要するに、まったく不可解としかいいようがないのだった。

「とにかく、心当たりといわれても、本当にないんです。私、集金帳の管理には人一倍気を遣っていたのに、なんであのときだけ、洩れちゃったんだろうなあ」

そう坂田は悔やんだ。魔が差した——そうとしか思えませんね、という言葉を舞は飲み込む。いまさら何をいっても、遅い。

坂田の次に、二人の部下にも話をきいた。

亀田純一《かめだじゅんいち》と井関丈司《いせきたけし》の二人である。亀田が五年目、井関が三年目と歳はまだ若い。都内の店舗を一ヵ店だけ経験した後、本店営業部に配属になった彼らは、いってみればエリートの卵だ。

最初に面談した亀田は、いわゆる体育会系で、がっしりした体格にスポーツ刈りが似合う男だった。さっぱりしているが、本店営業部で揉《も》まれているせいか、時々、舞の本心を推し量るような眼差《まなざ》しを向けてくるのが気になった。一筋縄ではいかない性格だ。

「坂田調査役が、伊丹百貨店から自席にもどったのは先週の水曜日、つまり二十日の午後二時十分過ぎだったらしい。そのとき君が調査役に来客を告げ、坂田調査役は給与データの入ったボックスをデスクに置いたまま応対に出たことになっている。君はそのとき、給与データを見たか」

「いえ」

相馬の問いかけに亀田は短くいった。「覚えていません。私の上司は坂田調査役だけではありませんので席も遠いんです。来客を告げたのは確かですが、近くに行って一言声をかけただけで、デスクの上に何があったかは記憶にありませんね」

「だけど、ボックスはかなり目立つものだろ」

「そうですね」

ふと亀田は考え、「私が声をかけたあとにデータを出してデスクに置かれたんじゃないでしょうか。もしそこにデータがあれば、ついでに預かってきたはずですから」。

「君は井関君と担当を兼務しているわけだけど、どこの会社の給与データがまだ届いていないとか、そういう管理はしていなかったのか」

相馬の言い方はのんびりしていたが、亀田は敵対心をのぞかせて目を怒らせた。

亀田は亀田で、若いなりに、プライドと、キャリアをかけてこの面談に臨んでいる。自分に不利になるような質問には、過敏なほど神経をとがらせているのがわかった。

「調査役の指示で動くのが我々の仕事ですから。給与データの受領は係員の仕事ではありません。調査役がきちんと受領していれば洩れることはありませんし、紛失することもないと思いますが」

舞はきいた。

「他の係員が間違えて持っていくことはあるかもしれないわよね」

「それはないですよ」

亀田は言下に否定した。「デスクを間違うようなことはありませんし、どこのデスクにも給与データが置いてあるわけじゃない。それに仮に間違ったとしても、行き先は同じです。本店の給振担当。給与データでそれ以外の行き先はありません」

「空のボックスはどこにあるの」

舞がきくと、亀田は席を立って保管場所まで案内してくれた。本店内にある書庫だ。だが、そこにはすでに先客がいた。検査部だ。いずれも厳しい表情をした調査役が二人いて、空のボックスを点検しているところだった。両脇には、ボックスの山が出来上がっている。ＭＯを入れたままここに返却されたりしていないか探しているのだ。

「思いつく場所はほとんど探していますよ」

どうやら亀田のいう通りのようだった。

もうひとりの係員、井関は亀田以上にナーバスになっていた。こちらは青白いガリ勉タイプで、どちらかというと舞が見慣れている銀行員に近い。だがいまその額《ひたい》に青筋を立て、相馬の質問にいちいちうなずきながら食い入るような眼差しを向けている井関の態度は、病的といってよかった。

亀田にしたのと同じ質問を繰り返したが、手がかりと呼べるものはなにも出てはこない。

「もういいよ、ありがとう」

相馬の言葉にほっとした表情を浮かべた井関は、それでもすぐには席を立たず、その場に残っていた。

「まだなにか?」

きいた相馬に、井関は緊張して瞬《まばた》きを繰り返す。

「あ、あの。今回の件で、私らも処分されるんでしょうか」

思わず相馬と舞は顔を見合わす。

「処分のことなんてあとよ」

舞は厳しい口調でいう。亀田も同じだが、この二人に共通しているのは強烈な自己保身だ。その意味で、エリートの素質十分ね、と皮肉のひとつもいってやりたくなる。

「そんなこと気にするより、お客さんのことを考えてよ」

舞は続けていった。「誰が紛失したかはわからない。だけど、いま現に九千人もの人が給料を引き出せなくて困ってるのよ。それだけじゃない、重要な顧客データがどこかの業者の手に渡っているかもしれない。そういうことを心配するのが先でしょ」

井関は首をすくめた。

「なにか思い出したらすぐに報告してちょうだい」

舞の剣幕に怯《おび》えたような眼差しを向けながら、井関はおずおずと部屋を出ていく。

その背中が見えなくなった途端、舞は怒りとともに吐き捨てた。

「銀行の体質といってしまえばその通りだけど、誰もお客さんのことを考えてない気がするのよね。みんな客のために働いているんじゃなく、自分のキャリアのために働いている。こういう事態になると、なにを考えてるのかよくわかるわ」

「当たり前じゃねえか」

相馬はうそぶいていった。「それがエリート様の条件なんだからな。普通の感性で通じるほどぬるい職場じゃねえんだよ」

「そういう職場だから、だめなのよ。上も上なら、下も下か」

「気の毒だっていったのは誰だ」

「だから余計に頭にきてるんじゃない。あんな連中が担当してるんじゃ、本当に気の毒なのは、伊丹百貨店の社員ってこと、よくわかった」

舞は憤然としていった。

3

「続いて事務部」

企画部の児玉は、さっきから気になって仕方がなかった。会議用の四角いテーブルのちょうど正面。そこにどこかぼんやりの調査役と並んであいつがいた。

花咲舞だ。

先日、町田支店ではすっかりやられて——まあ、彼女がいったことにも一理あるなとそのときは納得したのだが——、以来時々思い出しては気分の悪い思いをしている。それがよりによって、こんなときに一緒になるとは。推挙した芝崎次長が恨めしい。

「ええと、それでは発表させていただきますが――」

立ち上がった相馬は、一日の調査結果を手短に報告する。とりたてて、進展はない、という結論に、全員の視線がひとつの方向を向いた。委員長の真藤である。いま真藤は、噛みつかんばかりの眼差しを、風采《ふうさい》のあがらない調査役に向けていた。

委員会のメンバーは全部で二十人。さっきから、人事部、融資部と報告が続いたが、とりたてて新しい情報はない。

真藤はこの事態に委員長を買って出ていた。

伊丹百貨店の赤坂プロジェクトをなんとしても取れ――。普段、そうはっぱをかけている言葉を自ら実践するかのように、伊丹に対して「納得のいく調査結果をお持ちしますから」と約束した。その電話の場に児玉もいたのだから、まちがいない。

そして、関係部署に調査のための精鋭を寄越せと号令をかけた。そうやって調査委員会を発足させたまではいいが、このていたらくだ。

「だめだ！」

案の定、真藤の怒りが爆発した。「午後になって、伊丹百貨店から給与データを再交付してもらったが、全て処理しきれなかった。一部社員は、給与の振込が明日になる——この事態に伊丹社長はいたくご立腹だ。なんとしても、今日明日中に、納得のいく結論を持ってこい！　なんで紛失した？　給与データはどこへいった？　なぜ発見が遅れた？　全てに納得できるこたえでなくてはならん」

真藤が唾《つば》を飛ばしたそのとき、対面《トイメン》で手が上がった。ちっ——児玉は内心舌打ちする。手を上げているのが、花咲だったからだ。いやな予感がした。隣にいた相馬が慌てて止めるそぶりを見せたが、構わず花咲は発言した。

「ただ、どういうふうにでもいいから調べて発表しろとおっしゃるんですか。それでは、委員会としてまとまりがないと思うんですけど」

「おい」

案の定、怒気を含んだ真藤の声が向けられたのは、児玉のほうだった。児玉は拳《こぶし》を口にあててひとつ咳《せき》払いをし、続けた。

「どういうことか、詳しく説明してもらえるかな」

「この紛失事件が発覚してから、私たちはそれぞれ関係者にヒアリングしてきました。そこからわかったことは、要するに誰もデータの行方に心当たりがない、ということです。現に、行内の様々な場所が捜索されましたが、MOは見つかっていません。あんな目立つ箱に入っているのに、です。これはどう考えてもおかしい」

「なにがいいたいんだ君は――」

児玉は自分の声に苛立《いらだ》ちが混じるのをどうすることもできなかった。くそ、この前はよくも町田支店で丸め込んでくれたな、という思いもある。こしゃくな相手だ。

「もうひとつ視点が欠けているような気がします」

テーブルの向こう側で、あの目が児玉を見つめていた。きりっとしていて、強烈な、鋼鉄のワイヤのような視線だ。

「その視点とは」

わざとめんどくさそうな声を出してみる。お前の発言になど期待していない、ということを言外に込めて――。だが、次の言葉に、期せずして児玉は驚かされ、あんぐりと口を開いてしまった。

「紛失したのではなく、悪意のある人物に盗まれたという視点です」

刹那《せつな》、隣にいる相馬が両手で顔を覆うのが見えた。会議室が静まり返り、様々な思惑が入り交じるのがわかる。

「じゃあ、うちの誰かが、持ち出したとでもいうのかね、君は」

そう食ってかかったのは営業第二部から出席している調査役だ。犯人扱いされ、怒りで頰《ほお》を赤く染めている。

「そうは申し上げておりません。紛失したという仮説では納得できるこたえがないから、申し上げているだけです。それとも、盗まれたのではない、という根拠があるんですか」

「それは……」

バカが。児玉は内心悪態をつく。こんな小娘につっこまれて、言い淀《よど》む奴《やつ》があるか。

「でしたら、盗難の可能性も含めて検討するべきだと思います」

気まずい雰囲気になる中、児玉は、内心にやりとした。自分から墓穴を掘ってくれた。

「事務部さんからのそういう意見です、何か意見はありますか。もしなければ――」

誰も挙手しないのを確かめて児玉は続けた。ここからが肝心なところだ。「もしなければ、盗難の可能性は事務部さんに調査を依頼したいのだが、どうだろう。どうも、他の方々は仲間を疑うことに慣れていないようなので」

その言葉に、やりこめられた営業第二部の調査役が笑みを浮かべた。

「いかがですか、部長」

隣の真藤に声をかけると、ふん、という鼻息が返事より前にきこえた。

「やらせてやれ。よくいうわ」

「そういうことで」

児玉はいった。散会――。

4

「お、おい、狂咲。てめえ、また勝手な発言しやがって。どうすんだよ！」

会議がお開きになった途端、相馬が吠《ほ》えた。

「どうするもなにも、調査するしかないわね」

「あほか。調査するしかないって、お前、警察のまねごとなんかしたことねえだろって！　芝崎次長になんて報告したらいいんだよ」

そういった相馬に、舞は軽蔑《けいべつ》の眼差しを向けた。

「そういう保身の発言は見苦しいと思います」

「なにが見苦しいだ。お前のせいだろ！」

「とりあえず、部に戻って事実関係をもう一度考えてみましょう」

冷静にいった舞は、さっさと事務部へと踵《きびす》を返した。


「さすがに、今度ばかりは次長にもあきれられたぞ、狂咲」

上司への報告から戻った相馬の言葉を、舞はきき流した。

その態度に、短いため息をついた相馬は、自分の椅子にどんと体を投げ出し、

「ぐちってても仕方がないか。で、お前の盗難説だが、実際のところ見込みはあるのか」ときく。

「まず、動機を考えてみませんか」

けっ、と応じた相馬だが、ふと考え込むと、「給与データにどんな価値がある？」

と自問するかのようにつぶやく。

「社員の氏名だけではなく、給与の支給額や配偶者の有無などがわかるわけだから、価値は高いでしょう」

「そうかな」

相馬は疑問を呈した。「銀行員の犯罪だとすると、余程の高値じゃないかぎり釣

り合いがとれないと思うね。もし見つかってみろ。おそらく、懲戒免職だ。いくらなんでも、銀行員としての職と地位を天秤《てんびん》にかけても盗もうと思うぐらいの値打ちがなきゃな」

相馬のいうのももっともだ。「もっと別な理由かもしれねえな」と相馬は続けた。「もし、盗難だとすれば、だれかが坂田調査役のデスクに近づかなきゃならないわけだ。でも、外部の人間ではどこが坂田調査役のデスクかさえわからないだろうから無理だ。当の坂田は、今回の一件で責任を負わされた被害者だから除外すると、次にデスクに近づき易いのは、同じ営業第二部の行員ということになる。すると怪しいのは――」

「亀田と井関のふたり？」

そうだ、と相馬はうなずいた。

「もし、彼らのどちらかが犯人だとして、動機はなんなんです」と舞。

「そんなの簡単じゃねえか」

相馬は厳しい顔で、指摘した。「坂田への恨みよ。それしか考えられない」

「坂田ってのは、まあなんというか、お堅い男でさ」

原口光夫《みつお》はいった。坂田の同僚調査役である原口に話をきいたのは、相馬に面識があったからだ。無論、ここだけの話、と断っての密談である。

「だから、部下に対する接し方も厳しい。遊びがない性格というか。ミスを許せない性格なんだよな。部下のミスは、最終的に上司のミスになる。そのせいだろうが細かいことをかなりぐちぐちやってる姿はよく見かけた。かといって、あの二人が怪しいかといえば、それは別な次元の話だと思うが」

「ただ、可能性をさぐってるだけだよ」

そういった相馬に、原口はいったん口を噤《つぐ》んだ。

「まあ、着眼点としては悪くないかもな」

「なにかあったんですか」

突っ込んだ舞に、原口は苦虫を嚙みつぶしたような顔をしてみせた。

「つい半月ほど前のことなんだが、坂田が担当している太陽エレクトロンでちょっとしたトラブルがあってね」

太陽エレクトロンは、東証一部上場の大企業だ。

「どんなトラブルだ」

「それはちょっと」

「おい、原口。興味半分できいてるわけじゃねえ。当行の信用がかかってるんだぞ」

原口は黙って頬を膨らませる。

「実は外貨の調達洩れがあった」

「なんだと？　事務ミスか。いくら」

「五千万ドル。本来調達すべき日に洩れていて、やむなく国内与信でつないだ。緊急稟議《りんぎ》だが、管理疎漏が問題になった。だが、部長に叱責《しっせき》された坂田は、そいつを亀田のせいにしたらしい」

「けっ。せこい野郎だ。本当のところはどうだったんだ」

「それはわからない。だが、亀田は坂田からの指示は受けてないといってる。坂田との間にそれで亀裂ができた」

「どっちが正しい」

相馬はきいた。

「そんなことわかるかよ」

原口は吐き捨てたが、相馬はかまわず「どっちだ」と詰問する。

「ちっ。亀田にきまってるだろ。坂田は、保身のために責任を部下の亀田におしつけたんだ。亀田にしてみれば、頭に血が上っただろうな」

「それを知ってるのか、亀田は。坂田が、自分のせいにしたってことを」

「ああ知ってる。部長が呼びつけて叱責したからだ。その場で、自分の責任じゃないと主張したらしいが、部長もひっこみがつかなかったんだろう。連帯責任だってことになったらしい。ばかげた話さ」

相馬が舞を振り向いていった。

「亀田に話をきこう」


「なんです。まだなにかあるんですか」

呼びつけられた亀田は、明らかに反抗的な態度をとった。

「まあ、そう怒りなさんな。俺達だって好きでこんなことやってるんじゃねえよ。そもそも、お宅らの管理がしっかりしてりゃあ、こんなことにはならなかったんだ。仕事の邪魔されて怒りたいのは、むしろこっちのほうだ」

「私に部を代表して謝れとでもいうんですか」

亀田は突っかかった。

「なあ亀ちゃんよ」

相馬は生来のなれなれしさで、テーブルの反対側にいる亀田に話しかけた。営業第二部のミーティング・ブースだ。すでに午後八時を過ぎているというのに、営業部で帰宅しているものはほとんどいない。ときに不夜城と化すここは、銀行でももっとも忙しい部署のひとつである。

「俺はどうも回りくどいことが苦手だ。ぶっちゃけてきくから、正直にこたえてくれないか。あんた、坂田調査役のデスクからあの給与データ、盗《と》ったんじゃないか」

「いいかげんにしてくださいよ！」

亀田は顔を真っ赤にして激怒した。「私がそんなことするはずないじゃないですか。それとも、坂田さんがそういったんですか。あることないこと、私のせいにして、自分は逃げるつもりでしょう」

「以前、そういうことがあったんだってな」

相馬の一言で、亀田は押し黙った。言葉に詰まったのではなく、怒りに言葉が出ないといったほうがぴったりくる。やがて低い声が唇から吐き出された。

「だから、私が仕返しをしたとでも？」

亀田の嘲笑《ちょうしょう》まじりの視線を受けながら、相馬は黙っている。

「そうはいってない。ただ、可能性はあるんじゃないかと思ってね」

「可能性？　冗談じゃない。そんなことで疑われたんじゃあ、かないませんよ。それとも、私がやったという証拠でもあるんですか。ぶっちゃけはいいですが、そこまでいうのなら、証拠を見せてくださいよ」

「あのな、亀ちゃんよ――」

相馬がなにかいいかけた時、応接室の電話が鳴り出して中断した。舞が出る。企画部の児玉からだった。

舞は受話器を置き、じっとこちらを見つめている亀田を振り向いた。

「亀田さん、午後の行動を教えてちょうだい。外出しましたか」

「どこにそんな暇があるんです」

亀田は噛みついた。「こんなふうに調査だか、面談だか知りませんが、それだけで午後中つかまってましたよ。それなのに、やっと手が空いたと思ったところへこれだ」

「MOが見つかったのよ」

亀田は舞をまじまじと見た。

「どこでですか」

「渋谷駅構内。夕方以降に誰かが置いたらしい」

不可解。そんな沈黙を挟んで、相馬がいった。

「もう行っていいぜ。ありがとう」

不機嫌な面をぶらさげて亀田は黙って出ていく。

「振り出しに戻る、か」

相馬はため息まじりにいった。

5

発見された給与データは、紛失したときのままの黒いボックスに入れられて渋谷駅構内にあるゴミ箱の上に放置されていたという。駆けつけた坂田によって中味も確認されたが、ボックスに鍵はなかったからデータをコピーされた可能性は否定しきれなかった。

「給与データが出てきただけでもよかったけど、何の解決にもなっていないわ」

舞はいった。事務部臨店のデスクである。書類を立てたブックシェルフの向こう側に、デスクに載せた相馬の靴が見える。二人で開いた打ち合わせだった。

「その通り。だが、今度ばかりは狂咲、お前の勘が冴《さ》えてたな。大手町で紛失したデータが渋谷駅で発見されるなんてことはまずあり得ない。誰かが意図的に持ち出したんだ」

「問題はそこよ」

舞はいった。「ひとつはっきりしているのは、犯人は営業第二部に出入りしたということ。そして坂田調査役のデスクからデータを盗った。営業第二部に所属する行員は別として、そこにやってくる部外者はどこから本部の建物に入るのかしら」

「まあ、相手が客なら、正面玄関の受付だろう。そこで受付を済ませて、入館証のプレートをもらってはじめて館内に入ることができる」

「その他は?」

舞はきいた。

「行員なら、地下の通用口だな。あそこは行員専用だが、本店の勤務者以外は、全員受付に訪問先を記入することになってる」

「それ以外は?」

質問した舞に相馬は「他にはないね」といった。

「ここは銀行だぜ、狂咲。そう簡単に入館できるわけねえだろ」

「じゃあ、給与データがなくなった先週の水曜日、誰がこの館内に入ったのかチェックしてみましょうよ」

「まじかよ」

相馬が目を見開いた。「ものすごい数の人間が出入りしてるんだぜ。お前、それをひとりひとり当たるつもりじゃないんだろうな」

「そのつもりよ」

平然といった舞は、自席を立つと、さっさとフロアを出てエレベーター・ホールへと向かった。

「うひゃー」

提出を受けた正面受付の入館カードと、通用口にある入館管理ノートの二つを眺めた相馬は、そこに並んだ数の多さに悲鳴を上げた。

入館カードは、一来訪者にたいして一枚だ。一方の入館管理ノートのほうは、行員と出入り業者がほとんどのため、ノートに名前と訪問先を記入する仕組みになっている。

「とにかくやるしかない」

舞はやる気満々だ。

「はいはい。営業第二部を訪問した来客をピックアップすりゃいいんだな」

チェック用の赤ボールペンと付箋《ふせん》を片手に、相馬は入館カードのほうを選んだ。

舞は入館管理ノートだ。

ノートの記載事項は全部で四つある。入館時間と氏名、所属、訪問先だ。それを指でなぞりながら一つずつ見ていった舞は、ふとある名前の上で視線を止めた。

「これは――」

「どうした」

舞の指がノートの真ん中辺りをさしている。のぞき込んだ相馬は、「はあ?」と素《す》っ頓狂《とんきょう》な声を上げた。

6

「先日は申し訳ありませんでした」

真藤は深々と頭を下げ、伊丹百貨店オーナー、伊丹清吾を応接室へ迎え入れた。

その真藤の背後でかしこまっている児玉は、刹那伊丹の表情に浮かんだ嫌悪を見逃さなかった。

伊丹家は古く江戸時代から商業で財をなしてきた名門だ。この男はその名門の当主としての尊厳と我が儘《わまま》、その両方を備えもっている。気に入っているうちは下にも置かぬ厚遇だが、一旦だめとなればとことん嫌う。そういうタイプだ。

「今日は、例のプロジェクトの件で、私の考えを伝えにきた」

単刀直入、厳しい表情を崩さないままいった伊丹に、真藤ははっと体を強張らせた。

「その件につきましては、私どもからご提案させていただいております従来の路線で——」

「そのことだが、私は、御行の管理体制にはいささか疑問を持つようになってね。例の給与データの一件だ」

嫌悪感もまるだしにいった伊丹は、真藤を睨み付ける。

「それにつきましては、行内に調査委員会を設置しまして、現在調査を進めているところでございます」

「それはそれで進めてもらう。だが、どうせお宅の管理ミスがはっきりするだけのことだろう。そんな結果を見せられて納得しろといわれてもな」

「いえ、調査したところでは、管理ミスとは少々違った結論になりそうです」

真藤の言葉に、ほう、と伊丹は顎《あご》をあげた。

「管理ミスではない？」

「それがその――」

額の汗を拭《ふ》いた真藤は、「ちょっと複雑な事情がございまして」と恐縮したような口調になる。

「なんだね、複雑な事情というのは。もしわかっているのなら、きかせてもらおうじゃないか」

「ええ。本件については、実際に調査に当たった担当者から直接話をさせていただこうと存じます」

そういって真藤は、児玉に合図した。伊丹は東京第一銀行の上客だ。常務である自分がその機嫌を損ねてはまずい。いいにくいことは全て他人に押しつけ、専制君主の怒りが直接自分に注ぐことのないようにうまく逃げる――そんな意図が透けて見える。

児玉が呼びに出て、すぐに二人の行員が入ってきた。

「本件の調査に当たりました事務部の相馬調査役と花咲でございます」

「この二人が担当？　おい、真藤常務」

あきれたような口調で伊丹は真藤の名を呼んだ。「給与データについて、当社はかなり重大な事だと認識しているんだがね。それなのに、御行ではそう考えていないということだろうか」

「いいえ、そんなことはありません。調査委員会には、この二人だけでなく、関係部署から優秀な人材を多数集めたつもりです」

「どうだか」

吐き捨てるようにいって顔を背けた伊丹は、タバコに火をつけて足を組んだ。一筋勢いよく煙を吐き出してから、「それで？　複雑な事情というやつを報告してもらおうか。当然、私が納得できる結論なんだろうな」。

「そ、それはですね――」

相手が支店長以上になるとてんで意気地がなくなる相馬が口を開きかけた横から、「私から報告させていただきます」と舞が割って入った。

なにかまずいことになりそうな予感がした。相馬が顔をしかめ、そしてその背後にいた児玉もまた、ひそかに唇を噛んでいた。昨夜の調査委員会で、この花咲が衝撃の事実を発表したときのように。

「今回の件につきましては誠に申し訳ございませんでした。最初に、お詫《わ》び申し上げます。私どもで鋭意調査いたしましたところ、御社の給与データは当初思われていたように紛失したのではなく、何ものかによって盗み出されたという結論に達しました」

「盗まれただと？」

伊丹はますます疑わしげな顔になって舞にきいた。「そんなことといって、責任逃れをするつもりなんじゃないだろうな。ここは銀行だろ、あんた。銀行では、そんなに簡単にモノが盗まれるのかね」

「おっしゃる通りです。ここは銀行です。したがって、外部の方が館内を歩けば目立ちますし、ましてや普段直接お客様と接することのない営業第二部のようなフロアに立ち入ればいやでも目に留まります。たとえ同じようにスーツを着ていたとしても、職業というのは不思議なもので、銀行員には、銀行員の匂《にお》いというものがあります。違和感を抱く相手が入ってくれば、誰か気づいたものがいたはずです。ですが、犯人の目撃者はいませんでした。それはなぜか。犯人もまた私たちと同じ銀行員だったからです」

「なんだ。回りくどい言い方をしてからに、やっぱり君たちの責任じゃないか」

伊丹は、ふん、と鼻を鳴らす。

「で、犯人はつかまえたのか」

「いえ。まだです」

「はあ？　話にならんよ、君。そんないい加減なことで、私に報告だなんてよくいえたな。私も随分となめられたものだ。犯人がわからないのに、なんでそんなことがわかる」

「犯人はもうわかっています」

落ち着き払った舞の言葉に伊丹は、顎を突き出し、不思議そうな顔をした。

「わかってるだと？　ははあわかったぞ。東京第一銀行の行員だから、窃盗犯として警察に突き出すのはなんとか勘弁して欲しいと、こういうことか。いい加減にしろ！」

伊丹は激怒し、火のついたままのタバコをテーブルに投げつけた。慌てて児玉がそれを拾い灰皿でもみ消す。

「だめだ、だめだ。いつも銀行はそうじゃないか。臭いモノには蓋《ふた》。外見だけを取り繕《つくろ》い、都合の悪いことはもみ消そうとする。今回は、新聞やテレビで大きく報道されたのに、まだそんなことが通用すると思っているのか。どういう神経をしているのかね。なあ、あんた」

「花咲と申します」

舞はいい返した。返事はない。伊丹はそっぽを向いて、新しいタバコに火をつける。

「犯人は、御社の給与データが先週の水曜日、つまり犯行当日に御社経理部から行内に持ち込まれることを知っていました。それだけではありません。御社経理部の担当者を何時に訪問し、預かったデータがその後、どうやって処理されるかまで詳細に把握していたのです。計画的犯行、といっていいと思います」

「計画的犯行だと？」

その言葉が伊丹の怒りに油を注いだようだった。「そんな奴はますます許すわけにいかんな。我が社になんの恨みがある」

「恨みはありません」

「なんだと？　どういうことだね、あんた。いや――花咲さん、か」

舞にぐっと睨み付けられ、さすがの専制君主もまた言い直した。

「恨みがあったのは、御社にではなく、むしろ当行のほうにです」

舞は説明した。「その犯人は、入行三年目の若手ですが、勤務態度が悪いことで上司に叱《しか》られたことを逆恨みしていたのです。そこで、営業第二部にいる友人と結託し――というのも、この友人というのはまた別な動機で御社担当の坂田を恨んでいまして——、御社の給与データを盗み出すことを計画したのです」

「とんでもないじゃないか！」

伊丹は唾を飛ばして怒鳴った。「私は絶対に許さないからな。決まりだ、真藤常務」

突然呼びかけられ、肘掛《ひじか》け椅子の中で息を潜めていた真藤は飛び上がった。

「一応、御行の話をきいてからと思ったが、もしこのまま犯人を隠蔽《いんぺい》するようなことがあれば例の赤坂のプロジェクト、白水銀行さんに持っていくことにする」

「お待ちください、社長」

うろたえた真藤は、すがるような眼差しを舞に向けた。「おい、君。早くご説明申し上げないか」

すると——舞は、くすりと笑った。

「なにがおかしい」と伊丹は怒りで頬を震わせた。

おい、と隣にいる相馬が肘でこづく。それが合図だったかのように、舞の笑いが爆発し、伊丹までもが茫然《ぼうぜん》とそれを見つめた。

ひとしきり笑った後、舞は、ふいに静かになる。

「すみません。あまりにばかばかしかったものですから、つい笑ってしまいました。

他人の粗《あら》はよく目につく人って世の中にはいますけど、そういう人に限って自分のことは店晒《たなざら》し。まるで裸の王様ですわね。私たちだって、こんな犯人、できれば警察に突き出したいのよ。それができるぐらいなら、苦労しない」

「なにをいう。さっさとそうすればいいじゃないか」

そのとき部屋のドアがノックされ、秘書の青木由絵が顔を出した。「児玉調査役、お連れしました」

「通してくれ」という児玉の言葉と同時に、ひとりの男が入ってきた。

その場の緊張した空気と全員の視線を受けてたじろいだ男は、ふてくされた表情を作って見せる。

「いらっしゃい」

舞は、その男――新宿支店の伊丹清一郎にむかっていった。伊丹清吾の長男、伊丹百貨店の御曹司である。臨店を通して舞とも面識があるせいか、舞を見た途端、清一郎の目には憎悪が宿ったが、舞はそんなことはお構いなしに伊丹社長を振り返った。

「どうぞ。犯人を連れてきましたから、警察に突き出してください」

7

昨日――。

入館管理ノートで舞が見つけたのは、伊丹清一郎の名前だった。

「偶然か？」

疑心暗鬼の相馬はいいざま、手元の電話をとりあげ内線をかけた。相手は伊丹の訪問先欄に記載されていた融資部だ。

「確かに伊丹は融資部を訪問したそうだ。報告書を持ってきたらしい」

「報告書？」

「融資部から提出を求めていた報告書だがまだ期限前で、なんでわざわざと思ったそうだ。それをきくと、他に用事があったのでついでに持ってきたと答えたらしい」

そしてなにかに気づいたらしく相馬はそろりと顔をあげた。「たしか伊丹って入行三年目だったよな」

行員名簿をもってきて開く。そしてもう一つの偶然を発見したのである。

「おい、伊丹と営業二部の井関は同期入行だ。二人は知り合いだったんじゃねえか?」

そしていま——。

唖然《あぜん》として言葉を失った伊丹社長に、舞は伊丹清一郎の名前が浮上した経緯を説明したのだった。

「ほんとうか、清一郎」

答えはない。代わりに舞が続けた。

「息子さんから銀行を辞めたいといわれたことはありませんか、社長」

伊丹は、真意を測りかね、舞を見た。「ありますよね。だけど、あなたはそれを許さなかった。あなたには赤坂プロジェクトを当行に頼みたいという考えがあって、そんな時期に息子が銀行への不満から退職するのはまずいと考えていたからです。そこであなたの息子さんは、東京第一銀行と伊丹百貨店との間にトラブルを起こせばいいのではないかと考えたんです。それがあなたに銀行退職を承諾させる近道だと考えたから。それが今回の真相です」

「なんだと……」

伊丹社長の顔から血の気が引き、激しい怒りに青ざめていくのがわかった。その

とき、

「だって、この銀行無茶苦茶なんだぜ、パパ」

　それまで黙っていた伊丹清一郎が訴えた。「人の仕事ぶりにはケチをつけるし、気に入らなきゃ殴る。俺が殴られて帰ってきたの知ってるでしょう。ひどいんだ、本当に。だいたい、給与データだって、簡単に盗めちゃうんだからさ。事務管理も甘いんだよなあ」

　ぱん、と派手な音がして清一郎が頰を押さえた。

「ばか、よせ──」

　相馬が止めようとしたが、すでに遅かった。

「自分に与えられた仕事も満足にできない半人前が偉そうなことというんじゃないわよ！」

　舞はいった。「あなた入行三年目でしょう。そんな人間に銀行の何がわかるっていうの。あんたは嫌で嫌でたまらないかもしれないけど、ここに勤めている行員は皆、毎日その仕事を歯を食いしばって頑張っているのよ。あんたがしたことは、真面目《まじめ》に働いている全ての銀行員、いいえ世の中のサラリーマンをバカにする最低の行為よ！」

「うるせえな！」

長身の清一郎がくってかかった。「嫌なら働かなきゃいいじゃねえか。貧乏人は働くしかねえんだから、しょうがねえだろ。人間にはもって生まれた分てものがあるんだよ。俺にだって苦労があるんだ」

「甘えるんじゃないわよ！」

舞がいったとき、花咲っ、と児玉が鋭く制止した。清一郎と睨み合った舞の背後で、泡を食った真藤の謝罪がきこえはじめる。

「失礼の段、誠に申し訳ございません。このものどもにはよくいってきかせますから。社長、ここはなにとぞ――」

だが、その制止をふりきって伊丹社長は席を蹴《け》った。突進してくる。

「この大バカ者！」

社長、と真藤が止めに入るより早く、伊丹社長の拳が清一郎の顔面をとらえた。

清一郎の体が吹っ飛んで、壁にしこたま背中をぶつけた。

「パパ――」

「いますぐここから出て行け！　出て行け！」

言い放つや、伊丹社長は、応接室の床に土下座した。

「このたびは、愚息のために大変、ご迷惑をおかけしました。申し訳ございません」

全員が声もない。伊丹社長は額をカーペットにこすりつけている。

「それなのに大変失礼な振る舞いをいたしました。真藤常務、花咲さん――すみませんでした。何とぞ、お許しください。御行の信用を失わせるようなことになって本当になんとお詫び申し上げたらよいかわかりません」

「どうか、お上げください」

真藤が伊丹の傍らに片肘をついていった。

「わかっていただければ結構です。私どもといたしましても、本件をこれ以上表沙《おもてざ》汰《た》にするつもりはございません。今後の対応をご相談させてください」

児玉の合図で、軽く会釈をした舞は相馬と共にその場を辞去しようとした。

「花咲さん――」

その舞を伊丹が呼び止めた。「礼をいわせてくれ。どうもありがとう」

にっこり微笑《ほほえ》んだ舞がドアの向こうに見えなくなると、気のせいか応接室はふいに火が消えたようになる。

ドアをしめた児玉は、その中にまだ、ぽつねんと立ちつくしながらふと思った。

花咲舞か、華のある女だな、と――。

解説

加藤正俊
（日本テレビ プロデューサー）

まず初めに、私が池井戸さんの小説の解説執筆を依頼されるなどということは全く想定外で、話をいただいた時に躊躇してしまったことを告白する。映像で表現するのが私の仕事であり、文章となると畑違い。ましてや池井戸さんが書いたものに対して何かを述べるなど、考えただけでも重荷である。

だがこの二年あまり、『不祥事』という小説と私ほど向き合った人間もいない（実際、私の持っている文庫本は書込みだらけでボロボロだ……）と自負しているので、意を決して受けさせていただくことにした。解説というよりも、ドラマ「花咲舞が黙ってない」の作り手から見た『不祥事』、という内容になると思うがご容赦いただきたい。

私が初めて『不祥事』を手にしたのは、二〇一三年。池井戸さんの小説でひとつだけ女性主人公ものがあると知ってすぐに購入し、どんな女性なのだろうと期待しながら一気に読んだ。そして、その主人公・花咲舞が、期待をはるかに超える魅力的なキャラクターだったことが、私にとってはすべての始まりだった。決して妥協せず、あきらめず、不正を正そうとする彼女の言葉が胸に刺さる。これは面白いドラマになると直感し、ぜひ自分の手で映像化したいと思ったのもその時だ。

誤解していただきたくないのは、ただ小説が面白いからドラマにしたいと思ったのではない。私はこれまで三十本近くの連続ドラマを手掛けているが、常に「このドラマを世に出す意味」というものを考えている。誰もが気軽に見られるテレビドラマは、見た人へ与える影響力もとても大きい。だからこそ、それを作っている者には、大きな責任があると感じている。『不祥事』に心動かされたのは、そこで描かれているテーマに共感したからだ。もっと簡単に言えば、間違っていることに「間違ってる」とはっきり言う花咲舞の言葉に、今、世の中に伝えたいメッセージが詰まっていると思ったからである。

花咲舞が務める臨店指導の仕事は、事務処理に問題を抱える支店を指導し解決に導くという地味なものだ。この、決して派手な事件とは遭遇しそうにない部署の物語なのに、舞が行くとそこでは必ず何かが起こる。というより、普通なら見過ごしてしまうような出来事でも、舞は放っておけなくて、ついつい首を突っ込んでしまう。

「辞めていった女子行員たちにだって、守るべき人生があるんですよ」

「あんたみたいな勘違いした銀行員がいるから、世の中の人から銀行が誤解されるのよ。目を覚ましなさい！」

銀行のような堅い職場で、入社五年目の女性行員でありながら、どんな相手にもストレートに言葉を吐き、時には平手打ちも厭わない。実に痛快。こんな部下がいたら嫌だなと思うほど破天荒だが、そこがいい。

池井戸さんからドラマ化の承諾を受けた私が最初に手掛けたのは、この花咲舞役のキャスティングだった。正直言って難しい役である。いくら正論とはいえ、二十代の女性が目上の人たちを一喝するなど、小説と違って実写でやると伝わり方がリアルになってしまい、視聴者から嫌われかねない。数多くの女優の中から、私が真っ先に思いついたのが杏さんだ。ＮＨＫの朝ドラ「ごちそうさん」でヒロインを務め、文字通り老若男女から愛されている杏さんならば、実写版・花咲舞として誰からも受け入れられるに違いないと直感したのだ。

杏さんに出演していただけることになり、初めて会った日のことは鮮明に覚えている。その頃はまだ「ごちそうさん」の撮影中だったにもかかわらず、すでに原作を読み込んでいてドラマの方向性についてあれこれ質問を受けた。仕事に取組むその真摯な姿勢に花咲舞の姿がダブって見え、杏さんにお願いしてよかったと心から思えた。

次は、相棒とも言える上司の相馬健。この役もすぐに閃いて上川隆也さんにオファーした。硬軟様々な芝居ができる上川さんこそ、飄々とした相馬にぴったりだと思ったし、何より、杏さんと上川さんが並んでいる姿を勝手にイメージしたら、この二人以外は考えられなくなった。

私にとってベストな組み合わせの二人が決まった時に、ドラマの土台ができたと言ってもいい。実際に、杏さんと上川さんのコンビネーションは描いていたイメージ以上に素晴らしく、二人の人柄も相まって撮影現場は常に明るく和やかだった。舞と相馬のコンビが醸し出す温かい空気は、画面を通じて視聴者の方々にも届いたのではないだろうか。

ドラマ制作の準備を進める中で、目の前に立ちはだかった最大の壁は、「半沢直樹」だ。テレビドラマ界においては近年最大のヒット作であるし、私も一視聴者として、原作の『オレたちバブル入行組』『オレたち花のバブル組』と比べながら、「なるほど、このエピソードやキャラクターを膨らまして、ここは短くしてるんだな」などと、興味深く観ていたものだ。「花咲舞が黙ってない」は、その放送から一年も経たずに世に出る池井戸潤原作ドラマだった。しかも、舞台は銀行。日本テレビがドラマ化をオファーしたのは半沢ブームが起こる前なので、決して二匹目のドジョウを狙ったわけではないのだが、「半沢直樹の女版」という目で見られて、いろいろと比較されることが容易に想像できた。そんな、とてつもなく大きなプレッシャーと戦わなければならなかったのだ。

一方で、当初から私はこのドラマを「半沢直樹」とは一線を画すものと意識して脚本作りに臨んでいた。一話完結で、明るくコメディタッチ。毎回、舞が放つ言葉で見た人をスカッとさせる、単純明快で痛快なストーリー。それが、私が目指した基本スタイルだ。

その脚本作りの中で思った以上に苦労したのは、銀行という特殊な世界で起きた事件をわかりやすく描くことだった。できるだけ事件の構造を簡略化したり、専門用語を減らして説明テロップを出さなくてもストーリーがわかるようにしたのだが、そのためにはこちらもかなりの金融知識が必要で、何人もの現役銀行員に取材し、元銀行員に台本の監修をお願いしてきた。アイデアが浮かぶとすぐに電話して意見をもらうことも、私の日常となっていたぐらいだ。その中でわかったのは、現在の銀行では、小説にあるような不祥事が起きないように様々な対策がなされていること。池井戸さんが最初に『不祥事』の単行本を刊行した二〇〇四年から十年が経っていたこともあり、現役銀行員の方から「今のシステムではこの問題は起きない」と言われて、「三番窓口」のエピソードはドラマにするのを断念せざるをえなかった。

一番気をつけたのは、主人公・舞の言動だ。前述したように、『不祥事』には心に響く舞の言葉が数多くあるが、実写での表現の仕方はとても難しい。どうすればその言葉がすんなり視聴者に伝えられるかを考え、花咲舞というキャラクターの肉付けをしていった。まず、小説の中では描かれていない舞の私生活と内面描写を積極的にして、仕事もするけれど恋もする普通の女性として描くようにした。父親役を作って、居酒屋を営んでいる設定にしたのもそのためだ。決めゼリフのようになっている「お言葉を返すようですが」という言葉は、舞自身が立場を超えて発言することをちゃんとわかっていることを表すために作ったものだ。また、舞が正論を吐くことで不正や理不尽な状況を正そうとするのではなく、できるだけ彼女の感情のこもった言葉が周囲の人間を動かして解決に導くようなストーリー構成になるよう努めた。

このように、小説を連続ドラマにする際には、様々な設定の変更や追加が必要になる場合がある。当然、作り手によってドラマの方向性や雰囲気は大きく変わる。私が大切にしているのは、その作品の世界観と登場人物たちを愛することだ。花咲舞というキャラクターを愛するからこそ、彼女の魅力をもっと出すためによりよい設定はなにかを考えて脚本に入れ込むようにしている。

結果として、『不祥事』を原作としたドラマ「花咲舞が黙ってない」は、二〇一四年に続き二〇一五年にも続編が制作されるほどの人気シリーズとなった。ドラマ化に当たっての私からの様々な提案を快く受け入れて下さった池井戸さんには、感謝しきりである。また、「脚本には口を出さない」という方針の池井戸さんに、何度もプロットや脚本を読んでいただき意見を頂戴した。今までの池井戸潤原作ドラマの中で、一番池井戸さんの手を煩わせたのではないかと感じ、とても恐縮している。

　ドラマ制作中に、よく雑誌の取材で「池井戸作品の魅力」について聞かれた。私はとてもそんな分析をする立場にないが、自らが感じたことで言えば、ひとつは言うまでもなく登場人物の魅力、そしてもうひとつはリアリティだと思う。もちろん、『不祥事』はエンタテイメント性のある小説で、とても現実ではありえなさそうな事件ばかりが起こる。だが、その根底にある人間ドラマにはリアリティがあり、とても人間臭い。だからこそ、銀行という自分とはまるで接点のない場所が舞台の物語なのに、読者は入り込んでしまうのではないだろうか。

　振り返ってみると、どっぷりと「花咲舞」に浸かっていた二年あまりだった。正直、まだドラマが終わった実感がない。そんな私に朗報が入ってきた。池井戸さんが『不祥事』の続編となる連載を読売新聞で始めるという。タイトルもドラマと同じ、『花咲舞が黙ってない』だ。私の知らない舞の新たな物語が繰り広げられると思うと、それだけでワクワクする。はたしてどんな内容になるのか、花咲舞の一ファンとして、今から楽しみで仕方ない。

初出「月刊ジェイ・ノベル」（小社刊）
「過払い」二〇〇三年四月号、それ以外の作品は二〇〇四年一月号から七月号まで連載。

本作品は小社より二〇〇四年八月に単行本、二〇〇七年八月に講談社文庫（一一年十一月に新装版化）、二〇一四年四月に小社よりJノベル・コレクションとして刊行されました。

実業之日本社文庫
い 11 2

不祥事《ふしょうじ》

2016年2月25日　初版第1刷発行

著　者　池井戸《いけいど》 潤《じゅん》

発行者　増田義和
発行所　株式会社実業之日本社
〒104-8233　東京都中央区京橋 3-7-5 京橋スクエア
電話 [編集]03(3562)2051 [販売]03(3535)4441
ホームページ http://www.j-n.co.jp/
印刷所　大日本印刷株式会社
製本所　大日本印刷株式会社

フォーマットデザイン　鈴木正道（Suzuki Design）

ISBN978-4-408-55283-5（文芸）